出走 III

幸福婚姻中的女孩

［爱尔兰］
埃德娜·奥布莱恩
著

李林波 译

九州出版社
JIUZHOUPRESS

The Country Girls
Three Novels and an Epilogue

第三部

幸福婚姻中的女孩

1

不久前，我和凯特·布雷迪在伦敦心情阴郁地喝着金菲士，哀叹着一个事实：一切都不会有转机，我们会像现在这样死去——不缺吃的，已婚，但不太如意。

我们一直都是朋友。小时候在爱尔兰，我们睡在一起，我经常故意把她挤下床，希望她能摔破脑袋或者哪里受点伤。我还是喜欢她的，当然也嫉妒得要命，可是她太安静，太善良了；你知道的，那种无用的善良，问别人一切还好吧，问他们的父母一切还好吧。上国立小学时，她常替我写作文，到了仁慈修道院后，我俩紧紧绑在了一起，因为其他八十个女孩比她还无趣，这一点很能说明问题。后来我们从修道院跑出来了，到了都柏林的一个铺油地毡的贫民窟，接着又来到了伦敦的这个贫民窟。住到这里后，在过去的十八个月里，我们各自被约出去吃大餐的次数差不多都是三次，也就是说，我们两人都吃了六次大餐，因为我们做了个约定，不管是谁被约出去，都要给留在家里的灰姑娘打包吃的带回来。

因为这个,我几个手袋的里衬都给毁掉了……

来伦敦不到一年,她又碰上了那个叫尤金·盖拉德的怪人,是以前在爱尔兰认识的。两人老调重弹,又坠入了爱河,或者他们自以为坠入了爱河,立马就搞出了问题。他们的婚礼是在一个天主教堂的圣器室举行的。没别的办法。他们不愿在外面办,因为尤金是个离过婚的男人,她又挺着个大肚子。我是伴娘。粉红色的雪纺裙子,带面纱的帽子,他们出的钱。我看着才像新娘。她穿了条大大的松松垮垮的条纹孕妇裙,长着一张娃娃脸。她很狡猾,是那种即便把母亲锁在了衣柜里也能表现一脸孩子样的狡猾。神父没有朝她的肚子看过一次。

出来后,尤金迅速发动了车子,我很吃惊,因为像他这种吹毛求疵的人,在允许你上他的车之前,一定会先发布一连串指示。"不要踩在踏板上,不要把车座推得太靠后了,不要把另一个推得太靠前了。"让自己显得重要呗。他像个运动健将一样飘离教堂,冲上马路。他还笑出了声,这一点对他而言也不寻常。

"怎么了?"我问。

"我们亲爱的神父要小吃一惊了。"他说。凯特说:"什么?"正像一个妻子的口气。

事情似乎是这样:他给神父的信封里本来应该装二十英镑,作为主持婚礼的费用,但实际上里面只装了一张橙色的十先令爱尔兰纸币,外面包了几张纸,让信封看起来鼓鼓的。这下她大发雷霆,脸都气紫了。他说她只是个爱尔兰农民家的闺女,现在又被打回原形了,她说他太吝啬,都不让她给宝宝买东西。这是挖苦他,他以前结过婚,家里还留着婴儿车和尿布片。他说她没教养,要撒野最好下车去撒。他说自己宁愿把那二十英镑捐给哪个没那么恶劣的机构,她说:"好,去啊,去给呀,拦住哪个穷女人,把钱给她呀。"但他牢牢地掌着方向盘,目标确定地开往苏豪区一个中不溜的餐馆,我们开了瓶低度起泡酒,一起吃了顿气氛惨淡的早餐。他特别喜欢那瓶酒,把弄湿的标签揭下来放在钱包里,好记住酒名。这是为下次婚姻做准备吧!她一路都在生闷气,我也不怎么笑得出来。

孩子出生后,他们就搬去乡下住了。她给我写了封短信,我一直保存着。我也不知道为什么要保存它。信上说:

亲爱的芭芭:

我们住在一个山谷里,屋外能看到漫山踏倒的金色蕨菜,小鸟在几乎没发芽的树枝上筑巢。我们有一幢灰色的石头房子,房顶盖着石板,房子里有木头横梁,墙面用石灰粉刷过,凹凸不平,到处都放着花盆;木板嘎吱嘎吱地响。他爱我,有个孩子,住在山谷里,被人爱着,这里面有种特别美妙的东西，比你我在那些漂泊不定的日子里所知的任何事情都更为美妙。

永远的
凯特

还永远的凯特！那时，我的处境很是悲惨。再也别见了，凯特！那晚，我穿上最好的衣服，去了一家爱尔兰夜总会。命运天注定，我遇到了我那个建筑商。

他叫弗兰克，当时正在夜总会挥霍着钞票，讲着段子。我要给你们复述其中的一个，让你们看看我当时有多无聊：两个拿着钓具的男人搂着一个体格硕大的女人，一个男人对另一个说："钓了个大家伙。"人一旦喝醉，只要当时没在吵架或打架，听到什么都会笑。

总之，他后来开车送我回家了，还要给我钱。他控制不住自己的冲动，非要把钱塞给打算拒绝他的人，还问我是不是觉得他看上去有点学识。有学识！就他那大块头、粗犷的外表、油腻的头发，还有连在一起的眉毛。于是我告诉他："得提防那些眉毛连在一起的人，他们心里藏着欺骗。"我的老天啊，等下次见面，他居然把断鼻梁上方的眉毛给拔掉了。他可真蠢，不明白眉毛连在一起才引人注目。蠢是蠢，不过人还不错。容易受人影响的人都不错，至少我是这么认为的。又吃了一顿。一个星期吃了两次，还叫人给我送来了一束花。看到花，我第一个念头就是能不能打折卖掉。我问了住楼上楼下的女孩们，都说不要，只有一个笨蛋说她要。她开始找钱包时，我一下子贪念大涨，说："这是半束花的价。"于是我们一人得半束。那天傍晚他来接我时，数了我插在油漆桶里的花一共有多少朵，我没有花瓶。你肯定不会相信，但他真的去给花店打电话了，说他们骗了他。他站在外面，对着楼梯角的电话大喊大叫，说自己明明订了三十六枝阿马玫瑰，他们怎么能这样坑蒙拐骗，还说他们以后就失去他这位顾客了。我则躲在房子里，手捂着嘴不让自己笑出来。"你也许没什么学识，"我说，"不过你本质上是个商人。你会走得很远的。"最终，花店说他们会再送些花过来，也确实送来了。不得已之下，我只好去了趟伍尔沃思百货商场，买了个两先令的塑料花瓶，因为我知道只要再往里面插一枝花，那个油漆桶就要倒了。

一起吃了至少六顿饭，他还没提议上床，这让我很震惊。我不知道自己是该高兴呢，还是该感到受伤。他说我们该上床了的那晚，喝得烂醉如泥，我住的小阁楼冰冷刺骨，根本谈不上能当个爱巢。玫瑰已经枯萎了，但没有扔掉，我的床太短，他的脚搭在了床外面。我躺在他身旁——不算睡在床上，只是凑合躺着——衣服也没有脱。他摸索着拉我的拉链，当然拉坏了，我心想，但愿他能留点钱赔偿这个损失，不过即便他赔了钱，我也得去上个技校,学习一下怎么缝拉链,这事实在太复杂了。我知道床就要塌了。你这样或那样用床时,就能知道它是不是一张好床了。总之,他弄开了拉链,手摸过我的内衣——当时真是刺骨地冷——然后一两根手指头碰到了我的皮肤,只是碰到了我的肚子周围,肚子里又是那些大餐,又是酱汁之类的东西,都长圆了。我觉得自己也应该那么干,就伸手探索了一下,摸到了他的皮肤,让我惊讶的是,他的皮肤很柔软,不像他的脸那样皮糙肉厚。他开始向深处探索了,一开始很是贪婪,然后就开始打盹儿。就这样持续了一会儿——摸索一下,然后打个盹儿,直到最后,他说:"我们做得怎么样?"这时我才明白他为什么没有早些动手动脚了。爱尔兰男人:擅长战斗、围攻、屠杀,床上功夫拙劣。但这正是我期待的。这让他比和我约会的大多数骗子不知强上多少倍。那些家伙指望你来付电影票钱,在车后座强暴你,跟你回家,吃掉你的烤豆子,然后还要和你尝试新的实验性床上姿势,从不担心你可能会怀孕,就因为他们喜欢自然的方式,什么防护措施都不用。我给他冲了杯速溶咖啡,他睡着后,我给他盖上被子,关了灯。我坐在椅子上,想着在伦敦的这十八个月,想着我遇到的所有男人,想着我为了想象中要到来的意中人多么费心地护理高跟鞋、保养皮肤,把自己搞得精疲力竭。

我知道自己最后会和他在一起,他有钱,是个粗人,也是那种会在你出发去旅行前给你买好晕船药的人。你可能不信，但我真的有点为他感到难过，他担心自己教养不够好，担心被花店骗，还担心自己被服务员当成爱尔兰来的乡巴佬。那些服务员才是意大利来的乡巴佬。我可以告诉他们都去死吧，我脸皮厚，相貌也不赖，谁都别想吓唬我，就算别人不喜欢我也无所谓，大多数人估计都怕别人不喜欢自己。我知道，不管别人是喜欢你还是不喜欢你，都是意外，和他们有关，和你自己无关。爱情也一样，只是更甚罢了。好了，长话短说，我和他结婚了。我们举办了一场盛大的婚礼，婚礼上来宾的名字都是大声喊出来的，脚下走的还是红地毯。严格地说，也不是地毯，是绳编的东西。我可没让他注意到这个，不然他会当场和人干起来，摄影师就在跟前，正好能留下证据。我们婚礼的主持是个修道院的院长，那个修道院是弗兰克的建筑队修建的。婚礼是个大场面，那些致辞都是关于治愈、幸福之类的空洞废话。收到了九十四封电报。后来我才知道，他授意秘书发了一堆电报，把工人们的名字给写上去了。要是任何人收到的电报数量比他的还多，或者发言比他还要幽默，他可是会死的。对我们请的那些客人来说，要做到幽默很简单。他提前几个星期就开始准备自己的致辞了。想象一下吧。他的语音培训老师来过四个晚上。你就算收她的钱都不会愿意讲成她那个样子的。她尖细的声音响彻整幢房子，弗兰克和她在房间里一连"啊""哦"了好几个小时。她就是那种典型的英国肥婆,肚子里除了面包和装腔作势便空无一物。

婚礼上,所有人当然都喝得醉醺醺的。上飞机时,我穿了一身浅蓝色巴黎蜜月时装,但我们上不了飞机,因为他已经醉得不行了。他大声嚷嚷着问那些人知不知道他是什么人,知不知道他老婆穿的是巴黎世家。反正我们只能回家了,不过有一件事让我松了口气:结婚的第一晚他不会想和我一起睡了,那正是我害怕的。你看,他这个方面我一点都不喜欢。我喜欢他的钱,喜欢他的粗俗样:手拉着手看电影我不介意,但我没有想和他上床的欲望。完全没有。

我甚至向母亲吐露了秘密。我基本上不和母亲说任何事情,因为我四岁那年得了猩红热,她把我送去一个盖尔语[①]地区学爱尔兰语。实际上她把我送走是为了不用为我操心了,女佣放了两星期的假,但她想出学盖尔语这个噱头,是为了听起来对我有好处。我在那儿只待了一天就被送去了医务室。他们念,我听写,写了几封信:亲爱的妈咪(我不是你母亲,我是你妈咪,你以前常这么说),我身体好一些了。今天早上我用吸管喝了橙汁。

[①] 盖尔语包括苏格兰盖尔语和爱尔兰盖尔语,属于印欧语系—凯尔特语族,这里指的是爱尔兰盖尔语,是爱尔兰语的正式名称。

亲爱的妈咪，我爱你和爸爸。

我不想把自己说得跟个烈士一样，我只是没跟她讲自己的事情，但这种生理上的煎熬我还是提了一下，她说会好起来的，咬紧牙关忍着就行了。她说大多数婚姻走向破裂正是因为生理上的吸引，说生理上的吸引是某种形式的毒品。母亲用"毒品"这个词来指人们赖以为生的任何东西。我没有因此而怨恨她。除了一张出生证明，再偶尔给你买双新鞋，我不指望父母还能再提供什么。她说自己那么做也是为了捞点好处。他就是这样把我们都真正钓上钩的——给我们所有人提供金钱。有了他的钱，母亲现在可以在伦敦过着衣食无忧的安逸生活：脚上的鸡眼能治了，有新衣服穿了，每晚还能在酒店喝几杯杜松子柠檬甜酒，然后我们一大群人（和他一起厮混的人从来都不会少于十一二个）一起去个热闹场所，那里会有个粗俗男人或女人弹着钢琴，装点着他们的卖品。似乎这样的生活很是刺激。母亲很享受这种生活。"你的弗兰克，好人啊。"她会在那些俗艳的场所隔着桌子对我这么说，然后往四下里张望找到弗兰克，举起杯子对他说："弗兰克，保重啊。"然后他们一起举杯祝福我——这个倒霉的献祭羔羊。二十年前，她甚至连我家室外的厕所都不会让他用。你可能会认为我对自己的母亲心怀怨恨，但并非如此。不久之后她就去世了。她得了胃癌，没几个月就走了。我相信在她去世前的二十四小时里,她一直在拼命和死神抗争,我对她的思念超出了自己的预想。我想,在人们死之前,你总以为他们能过得更好,或者你和他们的关系能得到改善,然而他们走了之后,你才意识到那都是不可能的。

总之,事情就是这样了。我们搬进一幢奢华的房子。我爱豪华房子的气味,爱豪华商场的气味,爱鲜花、地毯的气味。如果可能的话,我要把整个世界都用鲜花和地毯装饰起来。朝外看,我们能看到泰晤士河——绝佳的视野,防风窗户,防盗警铃,双开门,所有这一切。有些地方很好笑,挂的那些画、房间的装饰,看着跟梵蒂冈似的。我们的浴室上了一个时尚杂志,照片里,我坐在藤编宝座上。我们买了几十本寄回爱尔兰,送给亲戚们。一对单人床用了段时间后,他不知从哪里看到说已经过时了,就搞了个带斯堪的纳维亚床头的巨型大家伙。从此我的安宁日子到了头。不说别的,他睡觉真像只松露猎犬,翻身时弄出哐哐的响声,鼻子呼哧呼哧,在整张床上翻拱。

布雷迪也回到伦敦了,大自然和寂静的夜晚看来也终究是没用的。我们定期见面,讨论自己的困境。她的生活像宗教裁判所调查书里的一个篇章。他想让她一直待在家里,给他的痔疮做护理。有一天,她眼里闪过一丝古怪的亮光。

"怎么了?"我问。我可能已经知道了。她遇到了什么人,坠入爱河了,老戏又上演了。她语无伦次地说了起来,说得我都快要吐了。那人倒还真是个人物。他们下午会来我这儿喝茶,聊天;我甚至会出去,给他们留出机会,但他们从来没有越界去前厅之外的地方。被压迫的人民的歌声唱响了。那时候我常常想,他们之间的事什么时候会结束,但除此之外,并没有想到会有什么后果。后来发生的事证明了我错得有多离谱。

2

"两腿长长,大腿罗圈,脑袋小小,没长眼睛……"经过一个幽暗的池塘时,她儿子卡什第五次给她讲起这个谜语。他们戴着手套,手挽在一起。

"一个驼背男人。"凯特说。

"不对。要不要我告诉你?"那孩子问,迫不及待地想展示自己的知识。

"再给我一次机会。"她说,然后又猜了一遍,还是错的,"一个驼背女人。"

孩子大笑起来,笑声尖细而用力。这是他经常做的一件事情,为了给他们的生活注入一点欢乐。

"钳子。"他得意扬扬地说。她弯腰把自己潮湿的鼻头贴在他的鼻头上。他们该喂鸭子了,这样就能把鸭子引过来避寒了。池塘里一些地方结了冰,还有些地方没结冰。冰块在水面快速移动,鸭子在冰块边缘游着。一只鸭子卧在冰面上,但发现那个地方很危险,就迅速下来了。看见了面包,鸭子蜂拥着朝岸边游过来,三只天鹅直接从水里跳了出来,沿着冰冻的煤渣小道一路跑过来。她讨厌天鹅。贪婪的天鹅。丑陋的身体。带蹼的、烂泥一样的脚。

"小心手套。"她说。一年前的一天,一只天鹅啄走了孩子的一只红手套,把手套叼到了对岸,公园管理员不得不用鱼竿末端的钩子把手套钩上来。

"宝宝小心手套。"孩子说。

"别跟个小孩一样说话。"她说,站在那里想着晚上该怎么脱身,要不要换上好衣服。

现在是冬日下午的三点到四点之间,光线开始暗淡下来。断断续续地下了几星期的雪,但最近没有下,草地是一片污浊、绝望的枯黄。

"你今晚要出门吗?"孩子问。孩子抬头看向她的脸,注意到了她眼眶中一直努力忍住的两滴泪,像两片隐形眼镜,孩子看她的方式中仿佛蕴含着某种重大的意义。

"对。"

"和爸爸吗?"

"不是和爸爸。"

"不要走。"他说着,做出了悲伤的表情。他假装悲伤和发出笑声一样容易,但这并不意味着他没有烦恼。就像她的眼泪也并没有什么深意。

"看。"她说,想分散他的注意力。她把袋子倒过来,将面包渣撒在水面上。鸭子和天鹅都围了过来。

她走到钉在规章牌上的垃圾桶边,把卷起来的纸袋扔了进去,然后为孩子读起了牌子上标出的鱼类的名字,在那半英亩本毫无生命可能的惨淡死水塘里,繁殖出了大量鱼群。

"——,鲤鱼,银鲤,鳊鱼。"

听起来完全不像鱼的名字,倒像一连串描述任意女人在任意一个星期一早上的心情的词语,那时她刚把洗完的衣服挂出去,正好瞥见一个迷人的男子独自驾车开往某处。

除了他们,没有人出门。现在是下午茶时间,也是点燃炉火的时间。几个烟囱上面升起了最早的几缕黑烟。她完全可以相信,在所有那些房子里面,煤气点火棒都打着了火。砖砌的门脸后面,是一模一样的房子,里面发生着一模一样的故事。

"宝宝闻到的是宝宝的吉士粉吗?"卡什问。他明知道不是。夏天的时候,根据风向的不同,他们有时候可以闻到从一家工厂飘来的吉士粉气味。那是明亮清新的夏日里的怡人气味,到那时冰激凌车会奏响悦耳的电子铃声,在这个"——,鲤鱼,银鲤,鲷鱼"的池塘边,会有神情寡然的男人坐在帆布凳子上钓鲸鱼。他们穿过马路,朝自家的房子走去。

"没走多长时间。"尤金说着,为他们打开了前厅的门。他脸色苍白。他带着这种苍白走过了秋天,那时外面的树木把光线映成了古铜色,然后又带着这种苍白走进现在的冬天,他命中选定的季节。脆弱、怯懦和内疚击败了她。她心想,他知道了,他知道了。只要他能给我最后一次机会,我就会转变,会改变,会让自己的容貌变得丑陋,不会再受到诱惑。

"水槽又有味了。我告诉过你不要把包菜或者菜花滤下去。"他说。

"肯定是毛拉干的。她在哪儿?"凯特说,她松了一口气,他的怒气原来只是针对水槽。

"我不知道她在哪儿。"他说,凯特往楼梯井走去,边走边喊着那个咯咯傻笑的年轻女佣的名字,声音中带着她所能表现出的最高权威。

晚饭吃的是蒸鱼和菜花。鱼已经凉了,蔬菜也让毛拉煮过了头。

"还好吧?"凯特习惯性地问。他们坐在自己通常坐的位置上,他坐在红木桌的一端,她在另一端,卡什和毛拉面对面坐在中间,他们弄出的动静很烦人,一会儿狼吞虎咽,一会又嚼得嘎吱嘎吱响。

"我不能说这是我吃过的最好的饭。"他说。他的脸从那盘无滋无味的白色食物中抬起来,目光越过她头顶,看向温室,那里有一株老藤的枝条在扭曲地攀爬。

"菜花只需要放一点点水。"她说,指点着毛拉。她想让自己听起来老练一些,这样等喝完茶后,就可以得体地站起来说:"我要出去几小时,去看看芭芭。"

芭芭,她从小到大的朋友,现在嫁了一个建筑商,做了人妇。芭芭有一件水貂披肩,打算再入手几件。她甚至承诺要送凯特一件。芭芭的眼睛是蓝色的,眼角下垂,眼里不经意间就会闪烁出几分邪恶。她丈夫偶尔会对她挥出一拳,这让她不是这只就是另一只绿眼睛获得了一种持久的洞察力,似乎在二十五岁的年纪,她已洞悉了生活是怎么一回事。对她们二人,芭芭已做了计划,等攒够了皮草和钻石,有一天两人都会离开丈夫,正如她以前也计划过的,她们都会遇到有钱男人,嫁给他们,婚后住的房子里要摆着开了瓶的和没开瓶的格洛格酒,酒瓶要放在银托盘里。

等他一放下刀叉,把盘子推到桌子边,凯特就对他说自己要出去一下。然后她就飞速上楼,化妆,但也不能化得太过,穿上自己次好的外套,把耳环和皮草帽子装在纸袋里拎着,就说里面装的是给芭芭做的司康饼,然后紧张不安地出门。和往常一样,她可以在地铁站的女卫生间里把耳环和帽子戴上。

"我感觉今天是有史以来最冷的一天。"她说,期待能得到回应。

"收音机上说还会再下雪。"毛拉说。

"哦,别下了。"凯特说,瞥见他的神情,似乎在说"下雪天所有人都很不方便,又不是只有你不方便"。

"太好了,一堆一堆的雪,可以堆雪人啦。"卡什总号称要堆雪人,但从来都没实现过。他和家里其他人一样都窝在家里。等待春天到来。

"你今天一天都没出门?"她对丈夫说。他最近没在工作。上一个项目挣的钱足够让他们过好几个月。他是纪录片导演,但挣了钱就悠闲起来,似乎在悠闲的生活中,他最能找到自己的使命所在。

"没。"他说。他们被沉默包围着。她说房间里的油加热器常常熏得她头疼,完全是为了打破沉默。

"哦,对,任何东西都有它的缺点。"他说。每个字都很刺耳。今晚,她要告诉那个朋友,两人肯定要有一段时间不能再见面了。不管怎么样,见他的快乐正在逐渐减弱,相比起喜悦,她更多察觉到的是风险。她心想,在爱慕之初就分辨出这是不是一段真感情完全是不可能的。

他们是在一个派对上相遇的。他们互相吸引的方式和其他成百上千的人没什么两样,出于饥渴。本来也就止步于此了,但几天后他们又偶然相遇了,当时她刚逛完一个家居品甩卖会。

"你很积极呀!"她说。看到一个男人来买床品,她感觉有些娘里娘气。她手里拿了一包东西,头上还戴了一顶新皮草帽子。省得包起来了。

"要不要去喝点茶?"他说,显然是不好意思继续采购了。他开车带她进了一条街道,去了一家拥挤的饭馆,饭馆的墙上挂着拙劣的面具,高脚凳的设计根本就没有考虑后腰要往哪里靠。那时是3月份。大风呼啸。纸片和灰尘在空中飞扬,人们脸上带着刚毅的神情,因为不得不与大风抗争。他谈到了苹果花,说整个肯特郡的果园里可能都是苹果花瓣在飞,还说他真希望自己此刻能在那儿,但这样就不会遇到她了!诸如此类的恭维话。

他邀请她下星期再一起喝茶,她答应了,对自己说又没爱上他,没什么道德败坏的。后来就有了爱情。或者是某种接近于爱情的东西。他们开始更频繁地见面;偷偷打电话,写热情洋溢的信,发誓说他们一定要做点什么,但什么也没做。她丈夫马上就觉察到了,尽管没有任何证据能表明他已经知道。他开始穿着睡衣睡觉,独自外出散步,评点她开始松弛的肚子。几个星期前的圣诞节,她送给他一个大理石支架日历,他说:"你确定这是给我的?"他准备了两包礼物,一包给卡什,一包给毛拉。

"你把我忘了。"她闷闷不乐地说。

"礼物我是想送才送,"他说,"不是出于责任。"

"你说得很对。"她说,但语气不对。

"我看你的受迫害妄想症又回来了,去广而告之吧。"他对她说,然后转向卡什,给他解释刚送他的那个蒸汽火车的原理。毛拉收到的是一双长筒靴和配套的手套,她把靴子和手套穿戴上，阔步走了起来，两只戴着手套的手互相击打，说自己可真走运。奇怪，一张快乐的脸自然就变成了一张美丽的脸。

"你想喝茶还是咖啡？"凯特问。他把吃了一半的鱼推到了一边，等着下一道菜。那晚没有布丁。

"茶。"

她和毛拉自然地做了同样的选择，卡什喝的是牛奶，为了多点刺激，用吸管喝。外面，他们可以听到雪落在温室顶上的沙沙声。风开始呼号。出于某种原因，她想到了小时候知道的一条狗，它曾因为乱发脾气被关到了外屋。那时候她特别害怕那条狗会挣脱出来，给他们造成可怕的伤害，就像现在，她知道这阵风是试图造成伤害的。

"希望天气不要太糟糕，我答应了芭芭要过去。"凯特尽力克服着自己的负罪感，做出随意的样子。

"在这样一个夜晚？"他说。

"是啊，说好了的。"她说着，端起自己的茶杯出了房间，躲到冰冷的楼上去，用面霜和她新买的一种金粉装扮着面容。

等她下了楼，发现他穿上了外套，她微笑着问他是不是要出去散一小会儿步。

"我和你一起去，"他说，"有几个月没见芭芭了。"

"哦，"她说，一下子焦虑起来，"你最好不要去，芭芭遇到麻烦了。她和弗兰克关系搞僵了,想听听我的建议。"

"这样的话,"他说,"我就去别的地方。"

她浑身都冷透了。他俩各自吻了孩子,告诫毛拉一定要注意油加热器,然后走进了寒冷的夜晚。

"你往哪边走?"她说着,在大门口停了一下。他没有回答,只是和她一起朝路尽头的公交车站走去。无情的雪片持续打在她脸上,街道上的空旷和黑暗让她躁怒,七盏路灯里只有两盏亮着。他为什么不能和别的男人一样自己开车?他们为什么非要住在那个地方?她心里这样想着,却忘了原本是她哄着他住到那个地方去的。那是一条长长的、单调的街道。只有树。有些树上有红色的浆果掉落下来,孩子们把掉在柏油路上的浆果踩烂了,看着像有人流着血经过这里时留下的血迹。白天里死一样沉寂。收旧货的人拉着车轰隆隆地走过,发出一种令人费解的喊声,要不是看到那些破烂,她根本听不懂他们在喊什么。还有没完没了的葬礼。棺材上装饰着鲜花,后面跟着一两辆礼宾车。鲜花,而不是朋友。死亡,和生存一样黯淡。她几乎从不和邻居们聊天。没什么奇怪的。邻居大多是家庭妇女,早上挥手和丈夫道别,十一点左右去购物,往灰蓝色的消毒剂包装盒里插上塑料郁金香,给郡政府写信让他们把树砍掉。她们相信树会引发哮喘,还一直动员她也写信发出同样的诉求。她们是怎么活下来的？忍耐！这是一个生活目标，或许哮喘也是。她可以把这个病当作谈资，还能把它用作一种活下去的武器。

"没赶上！"她对尤金说，公交车慢慢开过去了。他们只能等十分钟后的下一趟。她从他的手表上看时间，每次看表时都会碰到他的手腕，她想感受到他对自己的关注。完全没有。

公交车上有种圣诞节后的萧瑟气息。人们戴着新手套、新头巾，拎着新手袋，走上这段尽责的旅程，去感谢那些将用漂亮磨砂纸包装起来的乏味礼物送给他们的人。

"不过带上我吧，"身后的一个女孩解释说，"人们看见我就会说，'你好，朱迪斯，贾尼丝还好吧？'"

"她一定有个双胞胎姐妹。"凯特说着转向尤金。他没在听，眼睛注视着一个静静坐着的漂亮印度女人，有这样一个人物在，其他所有女人看起来都或愚蠢或刺眼。

"我应该有几个印度孩子。"他说。

"卡什挺好的。"凯特说，心被扎了一下。

"他当然挺好的。"

这句话没什么用。座位一大半都被他占了，他还压到了她的裙摆。

"你要是坐到别的座位上去，我这儿的地方就更大一些了。"她对尤金说。这几个字像刀子一样划破了像迷雾一般笼罩的细碎唠叨。她立刻停住了。他们对视了一会儿。这是他们之间最后一眼带怜悯的注视。他们各自转向对方时,感觉到昔日的记忆正在消散。寥寥数语将他们之间的联结生生切断。他挪到了后面的座位上。

"我只是开个玩笑。"她说。他并无回应,只是微笑,苦涩、狡黠、什么都不透露的微笑。凯特先下了车,芭芭家就在附近。她说过会儿见。狡黠的微笑送着她离开。

"再见。"他说。

她穿过马路,坐上返回上一站的同一路车,心里有些焦躁,和那个朋友的约会已经迟到一个多小时了。

3

凯特走进那家带红棕色调的温暖酒吧。她环顾四周,透过一面玻璃隔板,看见他站起来迎接自己。

"我爱你。"他说,甚至还没来得及说你好。他帮她脱下沾着雪花的手套,顺势把他自己的手和她的手交叉在一起。

"你能听到我说话吗?"他问,他的下巴在颤抖,上嘴唇沾了点啤酒沫,变成了黄色。他们挪到了炉火旁。从老式壁炉中,她看到了自己,看到自己的鼻子虽然没有冻得发紫,但也成了难看的冰冷青色。金粉没起作用。

"听我说,"他说,似乎这是他们最后一次谈话的机会了,"我在想如果你不来,该有多可怕。"

"好了,我这不是来了嘛。"她眨了眨眼睛,想让他觉得有趣一些。疯了。疯了。

他们坐在一把长椅上,身前是一张污渍斑斑、摇摇晃晃的桌子。他们把大衣和酒摊开,不想让别人坐在身旁。他已经为她点好了一大杯威士忌,给自己准备的是一杯啤酒和一杯威士忌,他交替着喝两个杯子里的酒。

"我永远都不会那样做的。"她说着眼睛看向了一边,心里知道要用别的方式做那件事了。不管怎样,对他的面容她已经熟记在心里了:讨人喜欢的丰润脸庞,但也不是太圆润;深情的蓝眼睛;微微颤动的下巴;已经开始花白的波浪状头发;手指上的婚戒。最后一点让她很气恼。

"把一切都讲给我听,你最近干了什么,想了什么,"他立刻又说,"我有很多话要对你说。"

他会离开他妻子,并因此丧失在政坛的机会吗?他有时的确很鲁莽,但也只是在酒后。现在他喝醉了。他们完全可以像之前那样继续下去。然而不可以,他们已经在交谈中将这种状态耗到了极限。

"我不能没有你——没有你我就像死了一样。"她说。自从几月前她第一次说出这句话,他就一直珍藏在心里。她想,话语就像旋律一样,即便你不再听了,很久以后这些曲调也依然动人心弦。然后有一天,它们就失去了吸引力。

"我还活着,而且从某些方面来说,也是幸福的。"他说。他充血的眼睛在她脸庞前多次闭上,或许是因为他累了,又或许是因为他想全心品味她的形象。

"我不是。"她说,没有幽默感。

"为此我要祈求上帝赐福给你。"他说。

"为什么?"

"因为你坦率、诚实、直爽。"

他应该当首相；他有强大的语言天赋。

"是吗？"她说，对他半信半疑。

"这是事实。"他说。

周围非常安静，只能听到苏打水沿着杯壁从瓶子里倒出时发出的柔和咝咝声。她四下查看附近的面孔，看是否有人在听。

"我不想说，"她开始说，"但家里的一切都越来越糟，前景黯淡。"与其说她是不想说，不如说她是不知该怎么说。那种情形她怎么能说出口呢？她在自己家里上楼梯时，在二楼拐角处遇到丈夫，他却转过身去，礼貌地咳嗽了几声，仿佛她是个畸形人。无论如何，她的朋友挑了这么个大风呼啸的日子大老远过来，不是为了聊这样的天。

"上帝呀，"他敲着自己的额头说，"我现在心里一片漆黑。"

"原谅我。"她说。

"那当然，"他说，"不管怎么说，我明白。我们是一体的，我看着你的脸就已经知道了。"

"我脸色糟糕极了。"她说，想听到几句赞美的话。

"恰恰相反。你真是美极了，你脸上有了一种新的特质。"

他又表现得太过了。他点了几大杯酒；两人握紧了手,像两个空袭时坐在防空洞里的人一样,不知道自己为什么要到这里来,而没有在地面面对死亡。

"我们是有罪的,"他说,"这毫无疑问。但谁又能评判我们呢?事情就这样发生了。"

"事情就这样发生了。"她重复着他的话,好像他们正在接受审讯。

"我们该怎么做?"她问。他再次敲击着自己皱起来的额头,把指尖方正的手指曲了又伸,伸了又曲,寻找着她的手,对着神灵赌咒发誓,还用"Milis"称呼她,这是盖尔语,意思是"亲爱的"。

"世事艰难。"他最终说。对此她没有怀疑;他有个木讷的妻子,有五个孩子的学费要支付,城里的房子和乡村的房子都要供,还要维持自己的工作。她至少还可以整日郁郁寡欢,沉溺在自己的忧愁中,可他却必须工作:及时给部长上报信息,安抚选民,阻拦投诉者,穿戴得体,在荒谬的饭局上寻找话题,这些精心安排的饭局和友谊毫无关系。他必须假装自己满怀着热情。

"所以我们该怎么办?"她说。

"不是说必须伤害谁,任何人都不必伤害。"他说。

"已经伤害了。"她说,并不完全知道自己话里的真意和后果。

之后,他说的话都在她的意料之中,差不多也正合她意:这一阵子千万不能再见面了,他们必须承受这一切，必须考虑其他人的感受，必须紧握住他们爱情的种子，同时吐出虽令人不快，但也有必要存在的果核。又是一些关于苹果的意象。她点着头，颤抖着，微微啜泣了几声，喝了口酒，然后又颤抖起来。她想起自己认识的一个女孩，她给一个男人写了封信，但觉得这封信不够凄婉，为了更能打动他，就在信上洒了点自来水。

"我明白的你都明白，"他说，两只手握住了她的双手，"我有多在意，你也知道。"她从他用浓重的威尔士口音布道般对他们各自责任的论述中回过神来，回到酒吧里的喧闹和烟雾弥漫中。感觉到强大一点了。差不多到了打烊时间。这时，酒吧里坐满了人，爱尔兰服务生走来走去，把空杯子收了起来，同时对晚来的顾客大声喊着，那些人围在结实的棕色柜台前推来搡去的，希望服务生先招待自己。

"咱们走吧。"他说。到了街上，已经很晚了，马上就会有更多人抢着坐出租车。一辆出租车随即开了过来，他们赶紧拦下。他心绪纷杂地吻着她道了晚安。他已经要晚三个小时回到愁眉不展的妻子身边了。

"坐好了，门锁好，勇敢点。"他说的时候，她坐进了出租车，不见了身影。她坐到了冰冷的皮座椅上，听到他问司机车费是多少。他做事很周到。

她在想要不要叫司机让她下车，去给芭芭打个电话，确保她撒的谎没有受到质疑。但已经很晚了，她也没带硬币,而且不管怎么说,这段恋情已经终结了,她的愧疚和不安似乎也就减轻了。暂缓一段时间只是他们自欺欺人的一种说法。结束了。

她知道自己这样想很小气,但还是希望要是能把那片干叶脉从他那里要回就好了。他可能已经丢掉了,或者夹到哪份长篇大论的报告里了。她忽然对这片叶脉产生了迷信的想法,叶脉的回归将意味着所有美好事物开始回归。这是丈夫送给她的礼物,这片叶脉,颜色是鼠毛的褐色,有精细的蕾丝状纹理,叶柄又细又长,也像老鼠的尾巴。它是秋日偶然造就的精致产物,落下来时叶肉枯萎脱落了。叶脉是在威尔士捡到的。她是在和那个朋友第三次约会的时候送给他的,现在她想要回来。

她就是这样,付出时总是太快。她不具备她丈夫那种保留东西的本能。在车上时,她一直在想她丈夫。不是饭桌上的丈夫,而是她记忆中的丈夫。有一次,他把她从挤满了人的房间里叫出来,只是为了吻她一下,然后再回到房间。曾经,她吻着他淡紫色的舌头轻轻祷告,愿这样的奇迹能维持到永远。祈祷的是这样,做出来的却是另一个样子。今晚她就回到他身边了。她将用某种方式和他沟通这件事,对他温存缠绵,为他灼伤的灵魂涂上没药①,请求他忘记这件事,忘记,并且原谅,就像

---

① 香料名,由没药树的树皮渗出的树脂制成,用作药物,可用以消肿止痛,活血化瘀。

歌里唱的那样。

"这儿，就这儿。"她说。出租车已经过了她家大门，又开过了好几户。这样也好。她下了车，往回走，盘算着该如何打破他们之间的僵局。走道上的雪厚而松软，上面新留下了他十二英寸①的绉胶底鞋的鞋印。

---

① 约合 30.48 厘米。

4

凯特悄悄走进书房,发现他正立在毛拉面前,毛拉在沙发上坐着。刚才第一眼看到时,他似乎是搂着那女孩的。

"哦,相处很愉快。"凯特说,"也许我回来得太早了。"他转了转身,表示看到她了,然后又转回去把注意力放在毛拉的眼睛上。他显然正在处理进了她眼睛里的什么东西,因为他一只手里拿了个小刷子,左眼眶上架着眼镜片。

"没事了,先生,没事了。"毛拉说着跳了起来,离开了书房。

"嗯,这也是一种回家方式。"尤金说。

"我做错什么事了吗?"她轻声说着,解开了最后两颗外套扣子。

"没有,没有,你和往常一样和善。"他说。

"哦。"她说,然后等待着。那句话一定不能说出口。

"我认为,你如果太放任了,他们就会占你的便宜。"

她听到自己这样说。

"无可置疑。"他无意再说任何话的时候就用这个词。

"她直接从瓶子里喝牛奶,瓶口都沾上了口红。"本来她是只打算释放善意的。

"芭芭挺好的。"她说,希望能挽回这个夜晚。她把大衣搭在胳膊上,准备过会儿挂到壁炉旁。

"感谢,"他说,"知道她是什么情况,我可太激动了。"她站在那儿,思忖着该怎么办。然后,她问要不要给他做点晚餐,他拒绝了。她用悲伤的语气问为什么。他说不想吃晚餐。他想做的事是把所有唱片都整理一下,除去封套上的灰尘,把它们整理得秩序井然。

"我本想给咱俩做点汤喝。"她手足无措地站在那儿,沮丧、内疚,重心从一只脚移到另一只,心想等她数到十,他就会说点什么让她留下。他情绪又不好了。看着他,她想到了避雷针,只对天气有反应,对人无动于衷。他的背越来越厚实了,也许只是冬天穿上了毛衣让他没了身形。但和她认识的任何人相比,他仍然是最挺拔的。

"呃,我想我最好还是去睡觉吧。"她说。

"我认为你最好如此。"他没有转身发出亲吻声来假装亲吻了,那是他最近养成的习惯。

上楼后,她躺着不能入睡,为自己规划出了一个英雄主义的新角色。她将全身心地投入家庭来补偿这一切。她将买来各种纽扣,备齐各色的线,而不仅仅是黑线和白线；她将从骨头上刮下美味的骨髓，和马麦酵母酱混合起来抹面包片；她将把自己百合般洁白的手伸进下水道，再不让他费心掏出每天制造的那些污秽、毛发和泥浆。她徒劳地留意着外面的动静。

第二天早上，下楼后，她寻找着能反映他情绪的蛛丝马迹。盘子里放着苹果皮，每天让卡什抄写的句子也用正体大写字母写好了。在卡什上学前，他父亲会写下一些东西让他抄写。句子下面是一行潦草的字，凯特认为这是给她的纪念物：

> 他不时会认为不可能所有女人都是婊子，但要不了多久，现实就摆在了眼前。

她读了好几遍，决定不做评论。

十二点，她和往常一样用托盘给他端去了茶，不过选了一条好看的餐巾，还费力用小苏打擦掉了他陶瓷茶杯上的茶渍。

"我觉得我是能做好的。"她说，这时他正坐起来伸手去拿地板上那件厚重的套头毛衣。

"对，"他说，"付出努力总是有益的。"她坐在床边，扶住在他腿上保持着完美平衡的托盘。他注视着菱格窗户的一块玻璃。上面覆着一层雪。

"我得把窗户擦一下了。"她说，想讨好他。她既知道，也不知道，自己刚才的话说得太晚了。最终，她没有取得任何进展就下了楼，叫着卡什。卡什和毛拉在一起跟着收音机里的流行音乐跳着舞。他像个缩小版的男人一样，搂着那个粉红色手臂的笨拙女孩转着圈，抬头看着她快乐的绯红的脸，开心地笑着。

"该吃午饭啦。"凯特尖着嗓子说。

"啊，不要，"孩子说，"我要跳舞。"他的母亲伸出胳膊，把他从温暖的厨房拉到另一个房间里，然后用疯狂的吻来争回他。

"我们玩什么游戏呢？"她说，迎合着他。

"把宝藏放在盒子里，"他说，"然后画一幅地图，我要寻宝。"

她从沙发下找到一个盒子，里面塞满了尤金的东西——纸、地图、书籍、鞋撑子、购物袋、钓鱼竿。

"我们往里面放什么呢？"她问。

"宝藏。"

"六便士？"

"不是。"

"放什么？"

"我告诉你了。宝藏。"

她听到尤金在楼上喊："把那个野猫一样叫唤的声音关掉。"

毛拉仍然开着收音机，声音震耳欲聋。

"把那个野猫一样叫唤的声音关掉。"凯特说,把责备传递了下去。

她从一条断了的项链上取下一颗珠子放进盒子里,画了地图,然后坐在那儿。她儿子在房间里爬来爬去,每爬到一个地方,都问她,现在他是好运气还是坏运气。她说着不得不说的话,但心思完全不在上面。

几星期过去了,尤金几乎不说话。雪还在下着。煤房边缘挂着粗壮的冰凌,洗了的衣服只能在室内晾干。这几星期里,她唯一能听到的就是湿衣服安静、悲伤的滴水声和他的沉默。他把氨水盛在小碟子里放在房子周围,来消除硫黄的气味。晚上,雾气下来,也不像平常的雾那样游移或浮动,而是停滞着,在霜中冻得坚硬起来。晚上如果锅炉灭了,连衣服都会冻得僵硬。

他要把我冻坏了,她心里这么想着,看着他起床,吃面包,上厕所,穿上外套,出门,几个小时后再回来。有时,如果他口袋里有张节目单,她就知道他去听了音乐会或者去看了场戏。嫉妒驱使她搜寻着票根,看看是一张还是两张,但他很谨慎,不会随便乱放票根那样的东西。她几乎不能入睡,只是在上床后的半小时内能睡着一会儿。等到筋疲力尽,沉入睡眠,她又会哭着醒过来,一切又都清晰地出现在她的意识里。他们同睡一张床,但他很注意,直到天亮了,她该起床了,他才会睡觉。

  有一次，到了早上她还没下床，他在睡梦中碰了她一下，瞬间就抽回了手，仿佛他是只刚刚触到了电网的动物，遭到了可怕的电击。第一次，她看上去苍老了，非常苍老。

5

一天，吃完午饭，凯特拿出放在手提袋里的威士忌喝了几大口，鼓起勇气去面对这件事。

"我们这是在干什么，我们这是在干什么？"她对尤金说，心想把这事说开了，应该可以打破两人之间的僵局。

"我想我最近没打过你吧。"他正穿上大衣准备出门。

"我们就像敌人。根本就不像夫妻。"

"我希望不是如此。"

"可是为什么？"她哀求着，"为什么？为什么？"毕竟，是他先劝她结婚、催她生孩子的，他应该知道她做事爱冲动。

"这不是我一个人的错，你也有错，是我们两个人的错。"她说着，愧疚地想起他为孩子做过的那些一般是女人做的事情，比如给一件领口收不紧的费尔岛毛衣穿上拉绳。

"我必须承认，我花了很长时间才了解你。"他说，

"我必须恭喜你,恭喜你拥有这种蠢人的花招,蠢人的谄媚伎俩。"

是他强迫她顺从的!

"我们都是有缺点的。"她说着后退了一步,免得他闻到威士忌味后,又要发表一番关于喝酒的演说了。

"幸运的是,你我之间有人懂得什么是名誉。"他说。很奇怪,他如何能突然变脸,又立刻跟上一串强硬的说教,尽管一向都是如此。

"名誉。"她说,想不出该怎么回应,也不知道该如何争辩。

"重要的是你做什么,而不是你那些无关紧要的廉价辩解。"他围上灰色法兰绒围巾,捋了捋头发,准备戴上灯芯绒帽子。幸好毛拉和卡什出去喂鸭子了,不用担心被他们听到。

"我们不能谈谈吗?"她说,"真正地谈一谈。"即便他们真的要谈,可是要谈什么呢?他一直坚信要把各人的难处讲出来,可此时,两人没有一个能听进去对方的话。

他把注意力放在了帽子上。

"尤金。"她绝望地说。

他将目光从镜子里移开,投向她,仿佛在看一个能对他施加极端伤害的东西。他从未有幸遇到的那个女人,她会在什么地方?

"我们会好起来的,会过了这一关的。"她说,既怜悯他,也怜悯自己,"我会改进的。"

他摇摇头,绝望地看着她,那是一种掘墓人的目光。

"你不会。撒谎是你的天性,和你撒谎成性、卑躬屈膝的祖先一个样。"

"啊,住嘴。"她说着一把抓住他。

"失陪了,我厌恶粗鄙的东西。"他说着抓起她的胳膊甩到一边,把手放在了门闩上。

"就说句好话吧。"她颤抖着说。如果他现在走了,那就成定局了。因为依他的性情——至少他称之为性情——如果有谁辜负了他,他就会和这人彻底脱离关系。对他而言,这个人已经不复存在了。

"你过你的日子,我过我的。这很公平,不是吗?"他已经打开了门,刺骨的寒气冲进了门厅。

"那我住哪儿?"

"附近舒服的单间公寓多的是。"

他是让她离开吗?

"卡什呢?"她问。

"或许出于人道主义的考虑,我会让你见他,但是当然了,你的道德水准不足以让你成为一个合格的母亲。""人道主义"和"道德",这两个词像电线上的两根倒刺一样突伸出来。她流出了泪水,是愤怒和自怜的泪水。

"我没和他上床。"她说。没有必要隐瞒邓肯的事了。

她希望自己有勇气说出"性交"这个词,把他刺得更痛。

"意图已经存在了。"他说,"从法律的角度看,这才是最重要的。"

"你这个浑蛋!"她冲着他裹着灰色法兰绒围巾的脸骂了一句。在他的意识中,他已经处置了她,并且对她实施了法官才会实施的惩罚。

"你这个恶毒的浑蛋!"她说。

他冲着她的脸颊打出了一拳。

"这就对了,打我吧,"她说,"推翻你那些高贵愚蠢的理论吧。"他信奉的是温和的劝导艺术,信奉通过知识来引起改变,也信奉二十世纪的洗脑游戏。一边的脸颊在灼烧,另一边的像石头一样冰冷。

"没必要,"他几乎是微笑着说,"我还有别的事情要做。"说完他就走了。

"别的什么事?"她大声喊,但有几个人正在走道上铲雪,她不可能再喊了。她脚上还穿着室内的拖鞋,也不能跟上他。她跑到窗前,看着他走上街道,步态悠闲,似乎这是一个刚刚吃完午饭要出去享受一会儿新鲜空气的人。的确,他告诉过她,他生来就注定要站在窗外,看着别人家灯火通明下一团乱麻的生活。刚才的争吵只是她的争吵而已,不是他俩的争吵。他是与之分离的;如他之前所开的玩笑,他不让自己和活着的人类发生关联。他说,要和天空、石头、年轻女孩产生关联。年轻女孩,她苦涩地想,他永远都不会遇到年轻女孩,因此永远都不会足够了解她们,足够到对她们产生厌恶。

她上楼找出那个搭扣坏了的手提包,邓肯写给她的情书就藏在里面。趁事情还没有发展到太糟的地步,还是把这些信扔进锅炉为妙。提包用一件睡袍裹着,实际上就是羊水破了,卡什奋力来到这个世界的那天她穿的那件,睡袍还是她放进去时的样子。她把包打开,发现信不见了。事情不妙,被粉饼弄脏了底部的提包,里面空空荡荡。一张打印的字条掉了出来:

> 它们在你找不到的地方,由我的律师妥善保管。我确信它们会有派上用场的一天。

她羞愧万分,浑身颤抖起来,同时也怒不可遏,她愤怒的是:他已经知道了,却并没有质问她;他没收了她的信,却毫无愧色;他如此卑鄙、小气、耿耿于怀,和她并没什么区别。

她冲下楼,毫无目标地疯狂拉开抽屉,在书里翻找。她翻开一个账本,他平时把自己的收入、健康状况、天气情况都记在里面,在中间那一页,她发现了自己的死亡通告:

> 所以,这就是她,我特别的、亲手挑选的一

颗虚伪的心，在她发臭的病态头脑和身体的其他部位，我曾注入我所知的关于生活、存在、爱恋的一切。今天晚上，我有幸目睹她被数月前在 D 家派对上遇到的那个没下巴的蠢货搂在怀里。晚饭时，她说要去看芭芭，显然是撒谎，我陪着她去，其实已经猜到她的借口不堪一击。她不能带我去见芭芭，她的行动极其私密；她下了公交车，上了另一辆，在女卫生间穿戴上几件愚蠢的衣物，然后进了一家酒吧，与他会面。我本可以进去，打掉他仅剩的那几颗门牙，但这样会玷污我的手。我沿着街道往前走，进了另一家酒吧，喝了一杯威士忌，回到家，等待她回来的时间还绰绰有余。我没有质问她。现在也无此必要了。某种意义上，知道一切都结束了也是一种解脱。说不清是为什么，我一直都知道她会毁掉这一切。

日期准确无误。正是她与邓肯见最后一面的那晚写的。他甚至还仔细吸干了墨水，一点污渍都没留下，每个逗号都用得毫无差错。

平生第一次，她隐约感受到，他心里深埋着对她、对女人、对人类的愚蠢行为的巨大仇恨。她现在必须做什么已毫无疑问。她出门找到了卡什和毛拉，给毛拉派了半天的差事，又把卡什带回家，告诉卡什他们要开始一段小小的旅行了。她把东西装进行李箱和几个纸箱里，祈祷能顺利离开，不要被抓住。她已经给芭芭打过电话，一辆出租车在来接他们的路上了。出租车将把他们带离这个已遭侵犯的巢穴，去往一个没有这么可怕的地方。

6

后来,她坐着出租车来到了我这里,带了两个尼龙行李箱和两个纸箱。打死我也不愿看到这堆东西。

"我们是在度假吗?"孩子不停地这样问,是因为这些行李,而非气氛欢快。气氛远远谈不上欢快。

"进来吧。"我说。她还没开口,她要说什么我就已经都知道了。

"哎,芭芭,"她说,"我觉得我会自杀的。"

"说吧,姑娘,"我说,"实事求是。"

"他发现了邓肯的事,"她说,"打了我,还威胁说要带走卡什,他恨我。"每天都有几百万女人挨打,我自己有一次也被迫脱掉了衣服,那还是我丈夫批准的,就因为他的三个朋友打赌说我没有肚脐。没有肚脐我还怎么活?电话响了。

"别接。"她说着跳了起来。她说他很快就会跟踪过来。他那会儿出去散步了,回家后就会看到她留的字条。

"字条上写什么了?"我问。

"就说我俩并不合适。"

想想吧,给一个正发狂的人留那么一张字条。

"他说我糟糕透了。"她说。他个性十足,而她却没有个性。她人不坏,但和任何女人一样,会把办正事要用的钱拿去买衣服。要是遇上了喜欢的人,她就会一直纠缠不放,直到让那个男人扛负起爱情这个战利品。了解了她这一点,尤金就成了正义的化身,经常把自己的一身正气弄得尽人皆知。两人都很疯狂,方式不同而已。

"我已经离开了,"她说,"一切都结束了。"她的行李显然收拾得非常彻底了,那孩子正把纸箱子里的东西往外掏,往我们优雅的百叶抽屉里放:窗帘环、空香水瓶、旧信封、破腰带。

"你带这些垃圾干什么?"我说。

"往日的联系。"她说,脸上没有一丝笑意。

联系不联系的,她都得把这些东西拿走。这是在酝酿危险,弗兰克不会让她待在我们家的。弗兰克非常谨慎;你知道,你要把老婆宰了都行,只要是在你自己家里。

"这是谁呀?"孩子举着两张照片问。一张是小时候的凯特靠在她母亲的肩膀上。她母亲溺水了,这也是主的怜悯,不然她到现在都会挂在她母亲的肚脐上,不肯往远走。另一张是尤金的,看起来像是给铁杉打的广告。你能想象到,就是这个让她从此开始沉溺于一段乏味的生活。多强硬的脸。哪里出了问题？一年前，她还从他那里收到了书面证物，说她这个凯特可是万里挑一的真正凯特，因为她令人心悸的美丽面容，因为她的性情，她的温存体贴和爱有所值；她还回了信——真是服了这两个人，他那时就在另一间屋子里——说他是她的航标，她的导师，是赋予她一切的良神。

"给邓肯打电话。"我说。如果我认为有用的话，就算是"给首相打电话"我也敢说。我让她独自上楼去打电话，我自己和孩子聊几句。这件事对我而言可不是开玩笑。她不知道，自从结婚以后，弗兰克就变得很难相处了。他不再是个粗人了，不知道你明不明白我是什么意思。我把一切变化追溯到了我们婚礼的那天晚上。一开始是我们被拦住了，不能登机，因为他喝多了，问那些人知不知道他太太穿的是巴黎世家，而那些人则把他拖到了一个包房，让他冷静一下。第二天，我们出发去旅行社给订的一个什么度假村，几群人对着穿米黄色套装的我嘿嘿傻笑，他让我上楼去换身体面衣服。我哪有体面衣服。晚饭时，他说食物真油腻。他就是那种人，脚才踏过英吉利海峡，就嫌那里的食物油腻了。那天晚上，似乎嫌我们的快乐还不够似的，我的倒霉日子来了——不知道是由于兴奋，还是别的什么见鬼的原因——尽管我早早就算好了日子。他要叫医生来。

"什么倒霉日子？"他不停地说，似乎我是女巫还是别的什么玩意儿。

"一定是吃的东西有问题。"他说。他已经把两张单人床推到了一起，做好了一切准备。

"你不知道女人的事吗？"我说。他就那样看着我，愚蠢的嘴巴张得老大。他真不知道。他有个什么样的母亲啊？他说别把母亲扯进来，她是个好女人，能烤出爱尔兰最好吃的面包。我说生活中有比烤出好面包更重要的事。然后他就凶起来了。下楼去了酒吧。结果，那晚我们没睡在一起。这样过了几天后，当我们睡在一起时，那事也变得颇为平淡无奇。对我而言是这样的。他说我这是怎么了？我说事情不像他想得那么简单，对女人而言，手上的动作、挑逗，这些都得有。他说照我这么说，我们跟发动机一样了。但在我看来，他才是把我们当成发动机的那个人。如果事情在一开始就出了问题，那后面也往往会一直有问题。他不知道能有什么办法，我也不知道。物以类聚嘛……随着日子一天天过去，他开始嫌我一直没怀上孕——求圣灵赐福的事，我们也在做。他会当着别人的面对我说："芭芭，你得去看医生，把自己检查一下。"然后，喝得更大时，他会看着一个有五个孩子的小男人说："和你比，我连半个男人都算不上。"我不明白他是怎么回事。我永远都不能理解到底是因为他母亲，还是他那些大男子主义的基督教兄弟给他灌输的东西，或者是他小时候老跟羊和鸡待在一起。反正这些联系，这是凯特用的词，他都拎不清。但这事还是让他有了变化。他开始变得十分粗鲁，要是我说他应该去看看医生，问问怀不上的事，他就会说"住嘴"。他对犯罪和谋杀兴趣大涨，把特别刺激的那些还归档整理了。我看到，在他的日程安排中，斗牛列在了首位。

"我跟您说个谜语吧？"卡什看着我说。他说"您"是要吸引我的注意力。我一定是神思恍惚了。

"两腿长长，大腿罗圈，脑袋小小，没长眼睛。"他说。按他的预想，我该惊讶得目瞪口呆才对。这孩子可真不讲究，这个谜语还是我教的，他却期待我能傻到不知道。我没猜对。我想我是喜欢他的吧。能看出来，如果失去这孩子，他父亲肯定得疯。这放谁身上都得疯。他正告诉我谜底的时候，他妈妈进来了。

"是钳子。"他说，他的门牙方方的，非常白，但有一颗牙边上有个小豁口。

"没一个真诚的。"她双手绞在一起。

"他要骑着白马来了。"我说，但心里已经知道了最坏的答案。她摇摇头，把两人的对话重复给我听，一字不漏。对话大概是这样的：

"他给你打电话了吗？"她问的是她的邓肯。

"没，他应该打吗？"

"我刚离开了他；闹得很不愉快。"

"这太糟糕了，凯特。"

"他会给你打电话的,邓肯。他发现了你写的信,发现了一切。"

"天哪,我可不希望听到这个。"

"可是,现在已经发生了。他很生气。"

"我不希望给他带来哪怕一小时的,不,一秒钟的不幸。"

"邓肯,你能帮帮我吗?我走投无路了。"

"那当然了。不过你首先得想想他,毕竟这是你们两人之间的事情。回去吧,好好谈谈,把问题解决了。"

这基本上就是他俩的结局了。他恳求她第二天上午再给他打电话,但我们知道,他会让某个声音尖细的秘书给凯特撒个熟悉且无聊的谎,比如说他正在开会。

"没时间了。"她直直地盯着落地钟说。焦虑是吧。我自己都战战兢兢的,弗兰克随时都可能回来。

"住处,"我说,"咱必须给你搞个住处。"我知道国王路那边有家卫浴店,晚上浴缸不会收回去,我说她可以溜到那儿,睡进浴缸里,再贴个告示:内有淋病,请勿入内。她会像个没奶子的女人一样安全过夜。你觉得她会笑出来吗?一丝笑意都没有。

"我可以给你订个酒店,"我说,然后艰难地开口,"你不能待在这儿。"

"我妨碍你了。我可真是个大麻烦。"她说。太他妈的对了,她就是个麻烦。我就是个彻头彻尾虚伪的家伙——我听到自己说:"不是,不过你终归会想有个自己的地方。"

"是的,"她说,"我想有个单间公寓,白色的墙,挂着画,还有个围在树篱里的花园。"

我心想,她要是再这样下去,我也就没什么好担心的了,一堆医生能来给她开出精神病证明。

"但是今晚呢,"我说,"我会给你俩找个酒店。"

"不要,"她抓着我不放,"我们不能出去;他会把卡什带走的。我们必须待在这儿,必须!"

"宝宝喜欢这儿。"那孩子说,像个老练的勒索者。他正迅速翻着我们的皮面百科全书——用弗兰克的话说,根本不像是自学成才的——刚才还撬开了一罐鸡尾酒小吃。

"别担心了。交给我吧。"我说,要让她镇静下来。疯了,我一定是疯了。

该死的电话又响了。

"哈喽,尤金。"我说,想阻止他过来。幸亏并不是他,不然我直接就把我们给暴露了。是弗兰克,他说遇到了一帮特有趣的人,让我穿上迪奥过去,他要带所有人去一家新开的餐厅。

"太好了,亲爱的。"我说。我的话一定让他大为震惊,自从我们为肚脐眼吵过架后,我就没有再和他那帮伙计来往过。

"什么时候,在哪儿?"我问。这样他至少不会早回家了,布雷迪可以一直躲到明天早上。我记下了详细信息,告诉他注意一点,这话从我嘴里说出来也很奇怪。一般情况下,我都是祈祷他从脚手架上摔下来。

她让我扛着撬棍转遍了整个房子,关上了所有窗户。她说她感觉自己活不过今晚了,连那孩子都开始发愁了。

"听,听。"只要哪块木板咯吱一响,或锅炉弄出什么动静,她都会这么说。感觉就像在看一部悬疑片,只是气氛更紧张。人类的兴趣可真不少!我可太乐意能出去了!我们商定好,我会让电话响一声,挂了,然后马上再打,否则她什么电话都不要接。我把她领到顶层的一间屋子里。弗兰克曾经渴望成为一名画家,那里就成了他放画架和其他工具的地方。

"我不希望给你带来哪怕一小时的,不,一秒钟的不幸。"我想逗逗乐,一边说,一边把一卷毯子、被单和枕头塞进她怀里。她看上去像有八十岁了,那孩子正脸贴着墙吸着鼻子。她可真是把我们搞得一团糟!

"我要去见一伙男人了,给你瞅个合适的。"我说。她垂头丧气地看着我,脸上带着怜悯我的神情。可是好家伙,她决定了我们的未来!

我穿上金色的鞋还有那条后背有朵硕大玫瑰花结的迪奥裙子到了那里。原来是弗兰克那天遇到一个演员——在街上差点撞到他——于是他们聊了起来,然后那演员把他介绍给了一个诗人，诗人把他介绍了给一个鼓手，鼓手把他介绍了一个犹太人，最后一伙人聚起来要一起吃顿饭。我脱下外套时，酒吧里的本地人都在指指戳戳。就是因为那朵玫瑰的位置呗。

"这是我太太，我太太。"弗兰克连声说。

这个聚会上还有另外两个女人；一个金发女人，发根染得乱七八糟，另一个是个说话轻声细语的美国女孩。那个演员刚刚下班，弗兰克对他大献殷勤，买了四杯白兰地。老天，这可是他碰到的第一个演员。

"他可是个好演员，得让他高兴，得让他开心。"弗兰克不停地对我说。

根据我的经验，如果娱乐的活儿让别人给干了，演员们还不得急出疝气。所以我除了喝每一轮酒说句"干了，干了"，剩下的时间里都不作声。

"我必须恭喜你，好品位。"演员对弗兰克说，意思是我很性感。我觉得这有点放肆了，但也没有理会，因为我这时慢慢和几个真正的男人搭上了话。那个犹太人看着挺有意思，还委屈巴巴的，那个皮肤苍白、面容像个女孩的小男孩也是——还不能把他称为男人，尽管他有二十五六岁了。当然了，对一个男人而言，这可是很不妙了，但还是……他的皮肤泛着青色，仿佛小时候晚上被遗忘在外面了，他的嘴唇没有血色，手差不多和小孩的一样大。我一直没能靠近他，因为弗兰克说演员饿了,他的灵感必须补充养分。你知道那种谈话的,假得不能再假了。离开前,他把几英镑钞票塞进了柜台上的几个募捐箱里。

"饿肚子的可怜鬼。"他说,指的是被遗弃的狗、孩子,或者不管他资助的什么其他东西。做慈善!他和他兄弟两人能在圣诞节前一天把工人解雇了,过一天到了圣斯蒂芬节①再把人雇回来,就是为了逃避支付节假日工资。他总共投了差不多十英镑吧。

这个餐厅是新开的,除了我们,再没有别人了。这让弗兰克有些震惊,但那个诗人说我们肯定能把气氛搞起来,于是我们就成群结队地在里面晃来晃去,假装我们这一伙人足有约两百个。皮肤苍白的男孩在桌布上敲打着。我猜他就是那个鼓手。

"坐,小伙子们,坐吧。"弗兰克说,因为喝了酒,又很兴奋,他的老口音变得像沼泽一样浓稠。

这个地方非常高档,里面堆了几个沙丘,种了些仙人掌,还有水雾喷来喷去。要说它像什么,可以说真像个丛林。我看见弗兰克到处都要研究研究,是为了我们家的装饰。我家还处在租花时代。一家公司每个星期一上午会派人来取走一大堆粗糙的塑料花,再换上另一堆。一模一样的。我怀疑他们是把这些花从一家换到了另一

---

① 在12月26日,圣诞节次日。

家。他还打算再租个舞池,从看到那辆面包车经过的那天起,他就有这想法了,面包车上写着"舞池租回家,生活更时尚"。

"这些是百合花?"他看着菊花问。

"没错。"演员说。也是个睁眼瞎。

"不管什么时候,给我蜡玫瑰就行。"我说。我已经彻底醉了,主要是因为一直都提心吊胆。

"你喜欢园艺吗?"演员问我。我的天哪,跟他怎么凑一起了!我又和他挨着了。

"在修道院那会儿,"我说——一喝多我就开始怀旧——"我们必须给一块花园挖地——人生就是个花园,老兄——我经常去别的女孩的地里偷花插到我的地里。我连栽都没栽对!"

这该死的演员都不等我把故事讲完。

"咱们喝点玛天露①吧,朋友②。"他对弗兰克说,一下子成欧洲大陆范儿了。你知道吧,就好像一个乡下果蔬店老板的儿子,眼睛盯着的可是爵位。

"你演的什么剧?"我问。我知道如果是高档剧,我们肯定都听过。

"是莎士比亚的剧吗?"弗兰克问。别的他也不知道。

---

① 一种产自葡萄牙的半甜型桃红起泡酒。
② 原文"amigo"是西班牙语,意为"朋友"。

"事实上……"演员说,然后突然猛咳起来,接下来他结结巴巴地花了五分钟时间给我们讲他演的是个叫"什么、什么、垃圾"的戏。那一刻诗人竖起了耳朵。"哦,"诗人说,时间卡得非常完美,恶毒的人常这么干,"他是一匹老英国良驹的后腿。"

"我是前腿。"演员哼哼唧唧起来,"这个金发克里斯托弗,真是个捣蛋鬼。"我看着他俩一个得意地笑,另一个闷闷不乐的样子,明白了他俩住在一起。那美国女孩还热情洋溢地对诗人大谈抑扬格五音步,纯属是浪费自己的大好酥胸,她还不如待在明尼苏达州的老家享受自己乏味的乐趣呢。他俩太不般配了:演员身材瘦长,带着一副"妈妈,抓住我的手"的神情;诗人瘦而结实,长着一张苛刻、饥饿、偏狭的脸。不知怎的,我突然想到凯特正绞着她那双无趣的手,于是产生了一个想法,这两人是不是可以收她做个房客。我知道同性恋为了身份的缘故一般都愿意身边有个女的,只要他们连碰都不需要碰她一下。好家伙,那凯特不就正像进了什么禁欲机构嘛。

"我们吃什么?"演员问。他说话结结巴巴,但一点也不难听,我猜他上的那所学校会把口吃当成敏感的一种表现。

"不知道。"我说。菜单看着像英国《大宪章》。

"咱们喝汤吧,小伙子们。"弗兰克说。我试图吸引他的目光，让他对汤的热情消退一点。他认为喝汤是最上等的事。他知道并非如此，但又觉得就是如此，因为小时候他家只喝过一两次汤。我冲他做了个鬼脸。

"花多少钱你就不用担心了。"他对我说，声音还很大。这就是我之前说过的他开始变得奸诈的意思。

最终我们点了牡蛎、蜗牛，还有些讲排场的东西。等着上菜的时候，有人提议应该有人讲个笑话。

"好啊，哥们儿①。"那个澳大利亚人说。我忘说了，这里还有个澳大利亚人，这人只要一张嘴，讲的肯定是荤段子，这时演员就会插话说："有女士在呢。"也就是些关于主教和黄色明信片的老掉牙的段子。

"你真该看看你的脸。"鼓手说着，身子从桌子对面向我靠过来。我知道自己看起来很无聊。他说他喜欢我那个关于花园的故事。他说那事干得真是无法无天，而他就喜欢无法无天。

"那里面的故事多着呢。"我说。我确定他一直在对我眉目传情。距离我人生中上一次短暂的放纵，已经过去很久很久了。

"别看着那么凶嘛。"他说。就是这时候，我错过了那个犹太人。他已经悄悄离开了。

"你知道谁有单间公寓要出租吗？"我说着也朝桌子

---

① 原文"sport"是澳大利亚英语中"老兄""哥们儿"的意思。

那边靠了过去,和鼓手在桌子中间碰到。我们俩都把胳膊支起来,挡住了其他人。我没提房子要有白墙和女贞树篱的条件,免得他以为我脑子有病。

"我可能知道。"他说。他的声音低沉,像充满了阴谋。要命地性感。

服务生把一盘盘蜗牛和各种餐具摆上桌,弗兰克对大家说完全不用考虑费用的问题,这时我们都决定要黑椒牛排。你知道,在大餐厅吃饭就是这样,一个人说要牛排,其他人就都说要牛排。瞎子领着瞎子呗。领班试图游说我们点当日特色菜品,但我们都没上钩。我们不吃鸡胗。领班看上去跟个木乃伊一样。先前弗兰克给他塞了五英镑贿赂他,让穿着锅炉工工装的诗人进来。在我看来,贿赂一个餐厅服务员比置办一身体面西服可要荒谬得多,但你知道,有些人为了表现得离经叛道会费多大的劲。

"公寓是给你自己租的?"鼓手问我,饶有兴趣的样子。我想我看起来应该是有钱人吧,穿的是迪奥,还戴着这些戒指什么的。

"帮朋友问的。"我说,希望弗兰克不要听到。我知道应该给凯特打个电话,但一直拖延着。

"回头说说这事。"鼓手说。这时弗兰克将红酒从冰桶里取了出来,把坐在他身旁的两人的手都淋湿了。

"好精彩呀。"美国女孩说。我们正在听演员讲他在外省巡演时怎么靠鲱鱼干生活了三年。对这种故事我是门儿清的。讲这种故事的人里面哪怕只有百分之五的人说的是真话，那世界上都不会留下一条鲱鱼干了。诗人用几句老套的诗给这个故事收了个圆满的尾，弗兰克鼓起了掌。

"你是怎么当上诗人的？"弗兰克问，他真的被震撼到了，"是参加了一个比赛吗？"

呃，当然，所有人都笑了，弗兰克不知道大家笑什么。

"我还以为刚开始是要这样的。"他说，让自己出了个更大的洋相。

"你这个办法，可以说，显然是很业余的。"诗人说，弗兰克知道话里透着羞辱。他涨红了脸，他平时要打架前就会这样。上帝啊，我心想，他要是在这个地方大搞破坏，那些百合、家具，还有别的东西，搞不好都得重新布置了。但我也不关心，因为这时我正和鼓手在桌下玩一种会被那个演员称为"以脚传情"的把戏，正高兴着呢。是他先开始的。我感觉腿上有什么东西，以为是只老鼠，正要尖叫出声时，他用一个眼神制止了我。对于老鼠，我是怀有这种愚蠢的恐惧的。不等老鼠跑出来，我就能用眼睛的余光看到它们。听起来很离谱，但我真能看到。那是他的脚尖。我当然不会让他太出格了。我知道那首歌，唱的是不让轻易得手什么的。我们像两个饿鬼一样不停地嚼着东西,都不看对方一眼。旧椅子在我们身下咯吱作响,但没人听到,演员正努力让弗兰克和诗人握手言和,重归于好。嗬,他可真是个懦夫。

"是的,"美国女孩对我的鼓手说,"我现在很好,这个世界我已经完全搞定了。"他一直微微笑着以掩饰尴尬,女孩以为是为她而笑,但我可以看到他脸颊上淡淡的红晕。

"这就是我永远都不能忽视它的原因。"演员突然对我说。

"什么?"我问,以为他已经知晓那一系列动作了。

"电话,"他说,"我亲爱的老母亲还在世,现在就靠溶剂活着,随时都可能会去世。"

这在某种程度上把我拉回了现实,他的话,还有他问我想吃什么布丁。这个世界上有那么一些人,你知道他们会说布丁的事,还会告诉你他们的老母亲靠溶剂维持生命。

"不要布丁。"我说,现在感觉有些无聊,也有些孤独,我已经把那只脚打发了,免得事情变得不好收拾。

"我要改了。"演员说,我心想他为什么非要在吃饭的时候对我这么推心置腹?但其实他只是在和服务员说话,要把香草味的冰激凌换成巧克力味的。

"租公寓的事我是认真的。"我对鼓手说。他现在看着有些气恼,似乎不会再管这事了。

这一晚之后的时间里再没什么事发生,只是弗兰克还没等咖啡上来就睡着了,差点把那些人吓死,担心得让他们自己买单。于是他们把他摇醒了,好家伙,诗人一通胡说八道,说什么和一个好人交朋友的最佳方式就是和他吵上一架。

后来我轻而易举就让鼓手搭了我的捷豹,因为弗兰克的车要载其他人。美国女孩也上了车。一路上"哈维哈维"地叫着鼓手。我们把她放下后,继续往鼓手住的地方开。

"你想看看那个单间公寓吗?"他到了之后对我说。我们一路上都很冷静地聊着天。

我们上了几段楼梯——我一直抓着摇摇晃晃的扶手——上了三层后油毡就没有了。我想到布雷迪又要小题大做了,说些环境影响思维什么的。

"这是你的房间吧。"我说着和他进了门,他打开灯,展示了那个大房间:一张凌乱的床、一个抽屉上没有把手的橱柜、两面鼓,还有钉在墙上的彩色裸体图片。

"为什么要租出去?"我问,"你要走吗?"我们说话正式得要命,像房产中介和客户一样。

"是的,"他说,"我不喜欢,对我而言太小资了!"小资!拜托,装橙子的箱子拿来当椅子,地垫都放到了床上。

"是帮一个朋友问的,一个女人,她离开丈夫了。"

我说,免得他以为我是要租来当爱巢用。

"不是给你的呀。"他微笑着说。他的笑可真好看。

"不是给我的。我和丈夫住在一起。"

"他等着你回家?"

"当然。"

"这样的话,"他说,"咱们实际一点。今晚不行了,那还浪费什么时间,让他生疑。我什么时候能来?"

要说我有多麻利,我立刻就定下来第二天请他过来喝茶,然后迅速扫视了一圈,看看布雷迪会不会觉得适合住。没有杯子,也没有碟子,没有任何用餐的痕迹。

我就要离开时,他关了灯。"嘴张开。"他说,然后吻了我。我尽情地唱着《无心之爱》,走下摇摇晃晃的楼梯。

大概十分钟后,我到家了,直接撞上了捕猎大场面。尤金正在我家,像个疯子一样。你知道,满口法律、民权什么的。这可是早上四点钟!弗兰克到家的时候,尤金好像正在擂我家的门。

"坐吧,"我说,"喝杯茶。"他特喜欢喝茶。我这态度差不多算友好吧。

"我妻子是不是在这儿?我孩子是不是在这儿?"他说。我,我,我,我这个,我那个。

"他们不可能在这儿。"我说,"我们出去吃饭了,才回来。出什么事了吗?"我迅速冷静了下来。弗兰克像个商场巡视员一样走来走去，说他自己可是个诚实的人，不会让任何品行不端的女人藏在自己家里。

"我警告你，"尤金说，"如果她在这儿，你就会因为诱拐我的孩子而受到法律的惩罚。"瞧瞧这牢骚。真是部喋喋不休的法律百科全书。我心想，如果这就是真爱的结局，那我很高兴自己从来没有过这样的经历。他把凯特的过失一一列举出来，你知道的，那些你根本就不想知道的非常私密的细节。

"上帝啊，"弗兰克说，"她如果真在这儿，我可有一堆话得对她说了，把我一晚上的睡眠扰乱成什么样了。"

"她不在这儿。"我说。我必须做出随意的样子。这两人一直咚咚地走来走去，我总感觉她会穿着睡袍溜进来，问："有人打电话了吗？"

"听着，"我说，要拿名誉来担保了，"她要是和我联系了，我发誓，一定会给你打电话。"我只要愿意，就可以表现得非常棒。他让我重复一遍，然后把一封写给她的四页长的信留给了我，信中逐一列举了她的种种过错，临走时还说必要时他将采取武力措施。我送他出去，好家伙，他一出门，我赶紧上了锁。

当然了，我得告诉弗兰克，没别的办法了。他几乎要把房顶都掀翻了。他往楼梯上冲，我在后面跟着跑，他像吆喝牛那样喊着她的名字。她急急忙忙跑出来了。

"你给我出去。"弗兰克说。她央求让她待到早上再走。看她求告的样子真是屈辱。他说不行。他说可谢谢你了,他可不想被搅和到离婚法庭上去,还说他得考虑自己的名声问题。如果死刑在这个国家不施行了,猪脸部长们也不成天叫嚷着要恢复鞭刑了,我一定会揍他的。凯特看上去像快要死了。我让弗兰克去睡觉,说他起床之前凯特就会离开。这一夜之后的时间里,我俩一直在讨论她能到哪儿去。我向她透露了一点鼓手的那个地方,但没说太多,于是她开始感谢我,千恩万谢的,我很讨厌别人提前感谢你,这意味着这忙你必须帮了。不管怎么样,我给各个酒店都打了电话,但没有酒店能接待她,都住满了。我猜他们会以为她是刚从牢里放出来的。我只好向朋友们求助。想想吧,半夜三更给人家打电话,说:"就是想起你了。只是想打个电话聊一聊。"因为我没法一开始就得体地求人家帮忙。他们都问为什么不能让她留在我家。她正哭着哀求说:"这事为什么偏偏发生在我身上?"巧了,这也正是我的想法。跟你说实话吧,半夜三更给人打电话,我并不觉得有多好玩。一堆人直接给我摔了电话。

"尤金是什么样?他看上去怎么样?"她不停地问。我说他看上去很烦躁,自然的事。

我说:"早上三点钟是什么状态,你知道斯科特·菲茨杰拉德是怎么说的。"这是把她引用的一条名言还给她。她满脑子的名言,斯科特在酒吧里说了什么话,海明威对捕鲸人说了什么至理名言。就好像她是这些人的好朋友，而且每天早上都在他们的牧场上和他们共进早餐似的。

最后，到了清晨，我只能使用胁迫手段了。我们那条路上住了个丑婆娘，我答应过让她把手推车存放在我家的三车位车库里。我给她打了电话。她一点都不爽快，哼哼唧唧的。我给她传达了患难朋友才是真朋友的理念，她才说："好吧，就一两个星期吧。"她不愿接纳孩子，因为她的狗咬孩子。

"我们不得不把孩子放到狗窝里了。"我说，真是讽刺。我定好了凯特早上八点搬进去，跟那条狗碰碰运气。

放下电话，我知道等着我的是什么了。后悔！好像我这一天的遭遇还不够似的。她说她同情尤金。说他是个格格不入的人。他爱自己的孩子。他要是疯了，她又负不起责。丧钟为谁而鸣。我的意思是，我不必再听这一通唠叨了。以前听过几百万次。

最终，她给尤金打了电话，不停地道歉，说她不该那样做。我心想，我可是大费周折才搞到那间屋子的。她却搞得这么卑躬屈膝，我真应该杀了她。还说什么他本应碰到一个好女人，但世上也没有这样的事。就这么戛然把所有女人否决了。最终达成的愉快结论是：她会把卡什送回家，自己住到那间屋子里去，用几星期的时间去思考自己的过失。

"我们仍然是朋友。"她不停地说。你大可以想象她对着一个刽子手说这话。

我们七点左右给孩子穿好衣服,把他送回了家。孩子非常失望。他以为至少要在外面待上一个月。我们告诉他,妈妈得去医院。就是给孩子们的那一套说辞呗!我们放他下车,他小跑着走上自家的小道,凯特看着他的背影说:"可怜的卡什,他不知道等待他的是什么。"那就是我唯一一次让自己真的出了洋相,哭了出来。我是说,他穿着她妈妈给他穿上的那件厚厚的蓝色华达呢风衣,看起来是那么天真无邪。他转过身,对我们笑了一下,仿佛我们过不了几分钟就会再回来。

"为人父母啊。"她说。

父母,我心想,荒谬的一团乱麻整个又将重演。她的父母,我的父母,我们把所有的责难堆到了父母身上,可我们自己也没有好到哪里去。为人父母就不再适合做孩子了。说到流眼泪,我俩可是不住地号啕大哭,司机不得不绕着广场转了两圈,她才做好准备走进她的新住处。我不能和她一起进去,这太让人伤心了。

"我该怎么熬过这一天呢?"她问。

"睡一觉。"我说。你知道,就好比说"开心点"。

"我做不到。"

我知道这对她而言是很难承受的,可我又能做什么呢？任何人又能为其他人做什么呢？我给了她一些安眠药片，还有一些崭新的五英镑钞票。这是为数不多的，我会觉得婚姻还挺好的时候——我把他的钱送人的时候。然后，为了让她振作一点，我说如果她要了结自己的话，一定要立个遗嘱，把她的日记留给我。

"我不会忘记你的，芭芭。"她说。严肃得要命，傻得要命。我受不了严肃的人。

7

这一天晚些时候，我开始为哈维的到来做准备。我整理了卧室，拿走了我们的睡衣和弗兰克·杜拉克的牙刷。他的牙刷看着像史前文物，刷毛浓密，软塌塌的，一直磨损到了刷头。他连直升机都能买，但就是不能买把牙刷。然后我把一些更离谱的老古董搬到了棚子里。四点，唱着"家，温馨的家"的老式门铃响了。谢天谢地，不是凯特，也不是卖肥料的。有一次我实在无聊，对一个卖肥料的大发同情，从他那儿买了些东西。城里肥料的那种臭味是你做梦都想不到的——他们在里面加了什么玩意儿！

"没事，库尼太太，我来开门。"我非常冷静地说。库尼太太是给我家打杂工的。她已经下到楼梯的一半了，但我抢先一步开了门，用做作的微笑迎接了他。你可能不相信，但他真的抱着一面大鼓站在门口，还带着鼓槌和其他东西。那面鼓非常俗艳，边上镶了一圈红钻。

"可不是开音乐会啊。"我说。我不知道该说什么，真的。

"我还以为你想听我演奏呢。"他说。以为！他脸皮可真够厚的，还不知道能不能进门，也不知道是不是得在紧急情况下从食品储藏室的窗户溜出去，就把一整套装备都带来了。

"真漂亮。"我说着带他进了房间。我脸上带着一位真正的女主人的神情，腿上穿着金色的连裤袜。他是一身棕色。衬衣、夹克、裤子——所有东西都是棕色。我想只有真正目空一切的人才能穿这么乏味的颜色还若无其事。

"你和这房间里的烟草色调真配。"我说，带了点讽刺的意味。

"所以？"他微笑着说。实际上是咧嘴一笑，这一笑意思是："我用我的小指就能把你玩转。"

可玩转不了我，宝贝，我心想，看着他从我递给他的白兰地杯里喝了一大口——我家所有格洛格酒的特制酒瓶上都印着我们的名字。

他示意我靠近，我蹦跳着靠过去，他就把嘴唇盖在我的嘴唇上面，从他嘴里把白兰地喂给了我。太刺激了，我差点晕了过去。我并不想像个白痴一样扯到大自然和其他什么，但这真的就像鸟儿把食物咀嚼好喂到小鸟嘴里一样。他要是想，真能把我网在带刺的铁丝网上玩得团团转。

"来，坐下吧，"他说，"和我聊聊。"我走过去坐在我家的悬浮式舒适减震专利长沙发上。"我们的游乐场。"我微笑着说。我以为他会过来和我坐在一起，但他没有。他在地上放了个垫子，盘腿坐下，像个神秘主义者。他四下环顾，打量着这间屋子。

"那个傻玩意儿是什么？"他说。那是我们从温莎运回来的一驾微型古董马车。

"古董——安妮女王的。"我说。我想到了棚子里的那一堆东西，他要是看到又会怎么说。但是如果在自己家里还要受辱，那我就去死吧。"你是住阁楼的，"我说，"可能不知道这些东西。"

"我喜欢简单的木质家具。"他说。

"有品位。"我说着想到了那几个装橙子的箱子。我们还真是投缘呢。

"我还想再来点白兰地。"我说，意思是嘴对嘴地喝。他站起来用无趣的杯子给我倒了一杯，放在我面前的竹桌子上。杜拉克不知从什么地方看到说现在流行竹制品，连大设计师塞西尔·比顿都在工作室里放了个竹制的什么东西，于是他就给在爱尔兰的可怜老母亲写信，让她把家里所有的竹制品都翻出来。破烂玩意儿！

"你是从哪儿来的？"我说。我连一句有意思的话都想不出来。

"流浪者。"他说。其他任何人这么说都会像个傻子，但他不会。这就是他的特点。不管做什么,他永远都不会像个傻子。他身上的一切都合情合理。世界也掌握在他的股掌之间。他知道该说什么,不过大多数情况下,更知道不该说什么。没人能指出他的过错。有些人是这样的,还不少呢。

他说自己曾在各处生活过,澳大利亚、墨西哥,还有其他一些地方,还说他有印第安阿帕奇血统。我心想,见鬼了,你皮肤这么白,怎么会有印第安血统,但这种话你是不能说的。印第安血统现在可是风靡一时。

"喝点茶吧。"我说着按了铃。尽管我很不愿意按这个铃,但库尼那么喜怒无常,要是不让她进来看一眼,她可能好几天都不会来了。至少我警告过她,别说"坚持相信上帝,保持大便通畅"这种话。她对完全陌生的人就会来这么一句,像是背诵表演一样。

"您叫我了,夫人?"她立刻进来了,还系了条新围裙,戴了顶帽子。帽子上挽着头纱,材质低劣,但她觉得能为自己添光增彩。一声"夫人"差点让我晕过去,老天,就我俩在时,她对我可是直呼大名的。他露出了微笑,这当然给了她进来的理由。

"多可爱的鼓呀。"她说。他说很高兴听到她喜欢这鼓,问她愿不愿意听他演奏。

"哇,太好了!"她说,然后一屁股坐在了沙发上,两只愚蠢的脚悬在半空。她的腿可真够短的。他演奏了一段很朴实的曲子,我的意思是,曲子很喧闹,像野蛮人用骨头敲出来的噪声。我俩都是好听众。她像个疯子一样鼓着掌;我的意思是,在正演奏的时候和不该鼓掌的地方鼓掌。他特别专注,一次都没有注意我。我抓狂了。我几乎提前把内衣都脱完了,冷得要命。

"敲一首《蓝色薰衣草》吧。"库尼说,这时他看着像要停下来了。

"我想该喝茶了,库尼太太。"我说。她把助听器关了。贱货!她佩戴了助听器。她比谁都听得清楚,但趁医疗项目免费搞了个助听器。她这种人,如果有免费安假牙的机会,能把自己的牙全给拔掉。我戳了下她的腰。

"您真好,夫人。"她说着,身子俯到竹桌上,从银香烟盒里抓了一大把。除了她已经点着的那支,其余的全被她装到了围裙口袋里。

"把要饭的放在马背上,他能一直骑到地狱去。"我说。她不理我,继续看他敲鼓。他让鼓呈现生命力的方式,会让你觉得他是在和鼓做爱。他的两条腿盘绕着鼓。库尼太太拍着手哼唱着。最后我只好自己去泡茶。茶盘里放着三套茶杯和碟子,我拿开了一套。我回到房间时,库尼立刻就发现了。她恼怒地一跳而起,和他握了握手,说他是个绅士。她冲出了房间,马上又返回来,这时已经把外套都穿好了,她用贵妇人的语气说:"杜拉克太太,我现在想和你私下谈谈。"

"我对你很有意见。"到了外厅后,她对我说,"这样歧视我,好像我是个黑人还是怎么的。"

"他自己就是个阿尔巴尼亚人。"我说,纯粹是为了把她搞晕。

"自命不凡的爱尔兰人渣。"她对我说。真放肆!她一身酒味,像个酿酒厂。

"我想你喝得太多了。"我说。我知道这句话能要她的命,她酗酒成性,却从来都不承认自己喝酒。

"没素质!连内裤都让我给你洗。"她说。上帝保佑,千万别让他听到。在他眼里,我必须是魅力四射的。我打开门,把她推了出去。

"哪儿不欢迎我,我知道。"她说。

"明白这一点可得花你老鼻子时间的。"我说。她把头伸进信箱,开始喊叫、咒骂,还一个劲地摁着"家,温馨的家"的门铃。我回到房间,发现他把黄瓜三明治干掉了一半,而且又给自己倒了一杯茶。

"你没事吧?"我说,只是为了让他知道,我看到了他正在大饱口福。

"鼓声让你兴奋了吗?"等我坐下时,他问。

"哦,非常兴奋。"他来之前我已经兴奋了。

"怎么兴奋的?"

"你知道的呀。"

"哪里?"

"我的假腿里。"上帝啊,他以为是哪儿!

"乳房还是下部?"他说。

"都有。"我大概知道下部是指哪儿,但要让我在人体图上指出来,我可不愿意。

"很好。"他说。他撕了块蛋糕,又从我们的烟盒里拿出一支雪茄。我可是开玩笑啊——他是我认识的人中最没幽默感的,好家伙,我认识的人中可有一些乏味透顶的。他把之前抽的雪茄烟头扔进了我们的大瓷花盆。烟头在里面咝咝作响,上次在里面插完真花后,盆底还留了些水。

"你丈夫有恋物癖吧。"他说,口气有些讥讽。的确,这个盆子看着挺像家里用的夜壶,不过他以为自己是谁,什么癖不癖的。

我们之间毫无进展。

"过来坐到我跟前。"我说。

"我更愿意在这儿看着你。"他说,"人脸不是为特写而生的。只在一种情况下,近距离可以忍受,那就是——"他停了下来,仿佛要说出什么革命性的话语,真是拜托了——"在枕头上。"

"亚麻布织品柜子里枕头多的是。"我说,本想逗点乐。我每分钟都能出二十次洋相。

然后,他站了起来,拿起一根鼓槌走了过来,开始在我身上敲打,主要是敲打胸部。真他妈会玩。不知道你是不是喜欢这种事,但真的是毫无乐趣。仁慈的上帝!我只是感觉到自己正被接二连三地捶打。

"翻身。"他说。我屁股上又挨了一顿捶。

我突然想到可能会捶出淤青来。弗兰克经常会检查我,看看有没有藏什么见不得人的秘密。我能想象出他盘问我这些神秘的淤青到底是怎么回事,我会回答:"是打了蜡的地板弄的——我滑倒了。"然后他说:"什么打了蜡的地板?咱们铺的可是定制的地毯。"然后我又说:"我把一块地毯揭起来打的蜡;像我这种热爱家庭的人啊,连地毯下的地板都要打上蜡。"这通说辞我听了都会觉得真是荒了大诞。

哎哟,他还在继续捶,好家伙,真疼。

"我从十四岁起就开始研究做爱的艺术。"他说。他说自己的肌肉能控制到一晚上可以和二十五个女人做爱的程度。他指着下巴上的一撮毛,说那在做爱时也能派上用场。

"我的胯骨,我身体的每个部位都练就了承受力。"他说。又说起来自东方的秘密了。我此时迫不及待地想上楼去。

好了,做个交代吧,我们是大概两小时后上楼的,那时候,我已经精疲力竭,你都能用担架把我抬上去。仪式感十足。我首先得全身接受一遍鼓槌的敲打,然后踮着脚尖转几圈,接着用我的手指敲那面该死的鼓——

同时他也用他的手指敲,再接着在某个规定的时刻和他接吻,接吻时也没有感觉到一丁点的快乐。和在学校里做操一个样。我只好装作若无其事的样子,虽然那些乱七八糟的事情还在进行。

"好,一、二、三,开始。"他说。我们还得踩着点儿。就说巴甫洛夫的狗吧,和他的任何一只狗做交换我都愿意。

"你愿意为我做点什么吗?"他上楼后问,这时我正在把百叶窗关上,把窗帘拉上。我还锁了门。

"做点什么!"我已经像个疯子一样忙乎两个小时了。

"你有没有黑色胸罩?"他问。当然有。黑色是唯一不需要每天都洗的颜色。伦敦这么脏,还穿其他颜色,一定是脑子有毛病。

"靴子呢?"他问。如今女人们不管是参加晚宴,还是去其他场合,都流行穿高筒皮靴。

"没有。"我说。对腿长得没一点吸引力的女人来说,穿靴子就是另一回事了。

"你得买几双,"他说,"再买件皮大衣。"

"我会让哈罗德百货给我送一些过来,立刻马上。"我说。然后又吹嘘了一番,说听人家说哈罗德为了送一支圆珠笔和一块橡皮的货,专门派了一辆货车开到诺森伯兰郡去。他说就不用那么麻烦了,我如果有防雨帽就戴上。

"还要大量肥皂。"他说。

"还要几盆水吧?"我说。我是个粗人。我的意思是,说起肥皂我就想到水。事情怎么感觉有点像一场交通事故了。不管怎样,旧防水帽我还是有一顶的,于是把它放在了枕头上。

他脱下衣服,叠得整整齐齐。我讨厌这样。这意味着他们考虑得更多的是怎么才不会破坏裤子上的熨痕。

"靴子和装备的事抱歉了。"我说,"不过在我把装备配齐之前,我们可以先演练一下。"

他脸上连一丝笑意都看不到。我风情万种地脱掉衣服。脱得比消防员教官都快。我身上只穿着这么点了,拜托。他看了一眼我的皮肤,说太白了。想想吧。世界上到处都有不幸的人被绞死、驱逐、肢解,只是因为皮肤是黑色的,他却非要这么说。他自己的皮肤确实不错,光滑、有光泽,像泛着金色光泽的抛过光的木头,有一道汗毛顺着腹部延伸下去。

"这个也是交配仪式需要的吗?"我看着那道汗毛问。只是想幽默一下。

我插上了那条旧电热毯的插头,我们立刻钻了进去。

"你有过女人吗?"他问。

"多得很。"我说。一时没明白他是什么意思。我想要不要把给凯特租公寓的事说清楚,不过也可以等这一场狂欢完了再说。

"你用过牛奶瓶吗?"他说,这下我明白他是什么意思了。赶紧说没有,从来没有,然后问他有没有过男人。

"你怎么会这么想?"他说,怒气冲冲的。我就没那么想。说实话,我什么都没想,只是纳闷,我们花这么长时间做的事,不就是无数人每天在上班、吃早饭或剪脚趾甲前都在做的事嘛。我开始产生深深的怀疑。这时他的烟已经抽了一半,他揭开被子,开始轻轻燎东西。能闻到烧焦的味道。

"等等。"我说。淤青就够我解释的了,现在又多了烧焦的毛。那还不得像只毛被拔得七零八落的鸡。

"你会喜欢的。"他说,"这个能让你兴奋起来。"兴奋!我都要兴奋得疯掉了。我可不喜欢这个。我认识某个男的,他专喜欢这样的胡闹,有一次给女人吸了几口氨气,结局就是他蹲进了大牢,还有十来个人的结局是进了坟墓。

"来吧。"我说着戴上了防雨帽,变得柔情蜜意起来。他把烟灭了,我们开始进入主题。

"对你来说够大吗?"他说。男人对那个真是极其在意。

"硕大。"我说。

"你真是个聪明姑娘。"他说。男人都是纯傻子。接下来是一点髋部动作,我想这仅仅是预备阶段吧。我对他说尽可以大展身手了,他说:"它已经睡了。"他们对这个也在意得不得了。

他说想亲吻我的牙齿。拜托,我有两颗牙是戴着牙箍的，牙是我最不想让他亲吻的地方。我们静静地躺了一会儿，他说我们这两具身体就像画家在画布上挥笔画出的一样。问我喜欢这样吗，问我觉得他聪明吗，不管问什么，我的回答都是"是"。我问他，这个世界上他都喜欢什么。

"小猫的嘴巴里面。"他说，"像水一样，但更柔软。"

好家伙，这让我感觉自己还是被需要的。我又问他害怕什么。我真是心急火燎地在找话题。

"害怕我的哪颗牙会掉了。"他说。天生的马屁精。我领会他的意思了。

"我还害怕我的鼓敲得不如自己心目中优秀。"他说，然后突然跳了起来，看了看表，表放在床头柜上。他说马上得走了，那天晚上有演出。

"我还想着咱们要做爱呢。"我说。告诉你个秘密吧，我真是这么想的。

"不，"他说，"今天不行。"然后他说我还没有准备好，说我的话太多了。

"对我而言，"他说，"一定要很纯粹。那必须是世界上最纯粹的事情，像小猫的嘴巴里面一样纯粹。"

"我现在明白你是怎么一天晚上和二十五个女人做爱的了。"我说这话就是为了刺痛他。这话起了奇效。他突然雄风大振，在我和防雨帽的辅助，以及他自己的努力下，他从无动于衷中醒了过来，开始挑逗我。差不多四分钟后,我听见他说:"我高潮了。没想到会这样。"

"你是开玩笑吧。"我说。我还以为能有点收获,现在已经不抱任何想法了。

"你一定要答应我一件事。"他说。

"什么都成。"我说。他真是太自大了,甚至都没有注意到我语气中的讽刺意味。

"答应我,你不会怀孕。"他说。

"我尽力吧。"我说。

"答应我。"他说。他这个蠢货。转念一想,我才是蠢货。我想,他应该是以为我既然穿着这样的连裤袜,还用着那么精致的卫生间,该知道的应该都知道。

大概两秒后,他起身穿上衣服,在镜子前专注地系着领结。我迅速套上衣服,调整好百叶窗和窗帘,捶打了几下枕头,拉平了床单。床上总归没怎么弄乱。他来不及喝咖啡了,让我打电话叫出租车来,然后,他拍了拍衣服口袋,非常惊讶地发现自己竟然没带钱。

"借我一英镑吧。"他说。我给了他十九镑十一便士,只是想看看到底有没有什么能让他笑出来。

"给凯特租的公寓怎么样了?"走到房前的台阶上时,我问他。我想再约一次,让我们的事能继续下去。虽然他让我感觉无趣,但也不算特别无趣。

"没问题,"他说,"我明天给你打电话。"然后他和我开起了玩笑,在我肚子上打了一拳,意思是我俩绝对是好哥们儿。出租车来了，他扛着鼓下了台阶，问让大门开着可以吧，他没法扣上门。出租车还没起步，我就关上了门厅的门。

我感觉特别糟糕，没法告诉你这种感觉有多糟糕。但有一件事我是明白的，从此以后，我将背负着这种罪恶感，从中得不到一丝快乐，只有辛劳。我给布雷迪打了电话，想告诉她公寓还得过几天才能好，但她不在。我想她出门投河自尽去了吧。

第二天早上，库尼没有来。门下塞了封厚颜无耻的信，说要她的离职证明和补偿。

"这是什么意思？"弗兰克问。他把信打开了。这时他正火冒三丈地想把袖钉扣好。

"哦，又喜怒无常了呗。"我说，"她什么样你是知道的。"

"这算什么回答。"他说。他已经起了疑，前一晚他回到家时，我正用推车从煤房里把那些东西搬进屋。

"你到底在干什么？"他说，"你要知道，这可是贵重的红木家具。"

"只是抛光了一下。"我说。那玩意儿上面蒙了一层煤灰。

他走到水槽边，看到了那两套精致的杯子、杯碟，还有盘子。

"谁来了?"他问。

"一个可怜的老人。"我说。我想不出什么人名。

"我得去找库尼太太谈谈。"我说着帮他扣上了第二个袖钉。那天晚上,我们要举办一场晚宴,他兄弟夫妻俩,几个建筑师,还有一些他们正拍着马屁想敲定交易的大商户。

"多少道菜?"他问。

"五道左右吧。"吃什么菜我完全没有头绪。我都没有考虑过,原因你是能想到的。

"别忘了蔓越莓酱。"他说。

他从一家商户那里搞了些蔓越莓酱,便认为这是他有史以来最划算的一笔交易。

"除非有火鸡,否则用不上蔓越莓酱。"我说。

"那吃火鸡不就得了,"他说,"要两只火鸡。"

"一只公的,一只母的?"我说。我现在浑身带刺。

"别那么下流。"他说着拿起一把发刷。我赶紧开溜,省得搞到吵架的地步。他大声嚷嚷着出了门,我知道他将采取的报复方式就是要对那些比他好不到哪儿去的泥腿子大吼大叫了。

十点半左右,他兄弟的妻子打电话来,问是不是正装晚宴。想象一下,一群人在我家的前厅里穿着长裙互相绊来绊去。

"想穿什么就穿什么。"我说。这时我正在查看名册,看看鼓手的名字有没有在里面。我要问他凯特什么时候能搬进去。这策略很明显了吧。

"你穿什么?"她问。除了这个,她什么都不考虑。如果有人告诉她,一个女人在滑铁卢桥被先奸后杀,她会问:"她当时穿的是什么?"

"随便一件旧衣服。"我说。

"挺好的,"她说,"那我也这么穿吧。太好了,不用搞那么复杂了。"

"好了,我得去忙了。"我说。

"玛格丽特夫人穿什么?"

"这我怎么能知道?"

玛格丽特夫人是他哥俩认识的人中唯一有头衔的。他俩因为向她支持的某个慈善机构捐献了巨资而和她攀上了好关系。这种贱人搞慈善不过是为让自己的照片能登上报纸。遇到她对弗兰克是件好事,因为之前我们和一个公爵夫人出了点事故。刚搬到这儿后,我们去了家本地的酒吧,酒吧外面写着"就餐饮酒,王者享受",他很喜欢。总之呢,里面有个女人,人人都叫她公爵夫人。她是个活宝,满脸皱纹,涂脂抹粉,穿了件带毛领的滑稽裙摆式大衣。一听到有个伙计叫她公爵夫人,他立刻就来了劲。

"咱们应该请她喝一杯。"他说。她正一杯又一杯地畅饮着金酒。那晚他没敢凑过去,但第二天晚上,他说我们应该再去一趟,我知道他是什么目的。我们在那个酒吧里消磨了几个小时,然后她进来了,身边还跟了几个矮子,十有八九是赛马师。

"她说不定有全国赛马大会的内幕消息。"他说。

"你不也有吗?"我说。他那么心急火燎地想和别人攀上关系,我觉得很讨厌。

每次一盘子酒送到她桌上,他就往那边看。他正在鼓起勇气。最后,马上就要打烊了,他终于给那群人买了一轮酒,她举起酒杯,招呼我们过去。

"干杯,公爵夫人。"他说。她很满意。我们互相认识了一下,然后他说不如大家都跟我们回家再喝一轮。我正在我家厨房给他们煮爱尔兰咖啡时,他突然惊叫:"我的天哪!那是个绰号。她根本就不是真的公爵夫人。"

我对着他的脸爆笑起来。

"快把她弄走,"他说,"她说不定会偷咱家的银器!"

"那,看住她吧。"我说。我总不能把她赶出去吧。

"看住她!我再也不能面对她了。我还问她的徽章长什么样,她说:'拖把和水桶,总督'。"

"蒙席①来不来?"我弟媳问。我说当然来。弗兰克要是不向蒙席征求意见,连片屋顶的瓦都铺不了。蒙席对

---

① 天主教中罗马教皇颁封给对教会有特殊贡献的神职人员的荣誉称号。

我们比对他们两口子更友善，这让她很不爽。我很容易就能想到他坐在炉火旁的样子：喝了浓奶油雪莉酒的脸红光满面，滔滔不绝地说明火是多么地无与伦比。我还得煎熬着，等着酒壶传过来。我真是一点心情都没有。

"我得忙去了。"我对弟媳说，"回见。"鼓手的名字不在名单上，我决定再给他一天时间，如果到时候他还是没有给我打电话，那第二天我就开车去找他，把布雷迪像个无家可归的孤儿一样带过去。我给她打电话说了这事。

"我睡不着觉，"她说，"吃不下饭。我把这事翻来覆去地想了一遍又一遍。"

"出门吧，"我说，"找点什么兴趣。"

"什么兴趣？"她说。我开始绞尽脑汁。圣母啊，我不知道自己为什么要为她操这么多心，我自己还有一堆要操心的事。对那个鼓手我确实是陷进去了。

人不能一直都倒霉下去吧。连我的茶杯看着都一副不吉利样。我告诉布雷迪，我们要举办晚宴，她要是想弄点残羹剩饭，可以到后门来取。起先她说不吃，后来又说她还是存着一点傲气的，接下来又说她消化不良了。我挂了电话，挂之前，答应晚些时候再和她谈，答应要修补她的生活，要让老尤金对她旧情复燃，要约好去觐见教皇，还要和一些有智慧、乐善好施的人最后吃几顿晚餐。

"我会报答你的,芭芭。"她说。她这种腔调,这种语气,我已经听了差不多二十年。早听烦了。

我说:"回见。"

我不得不去找库尼,让自己卑躬屈膝地当一回大傻瓜。

得拿不少五英镑的票子贿赂她才行:一份用来让她闭嘴,别把鼓手的事说出去;另一份让她过来做饭。我都不知道火鸡该朝哪边放。

"他待到了很晚吗?"她问,"你那个钢琴家。"她明知道他不是个钢琴家,只是想让我反驳她,这样我们就会再吵一架,那我就得给她更多的票子了。

"他要工作,"我说,"你刚走他就离开了。"

"我看见窗帘拉上时心想,他还在楼下敲鼓,你也不大可能去睡觉的。"

"不大可能。"我说。我正像个疯子一样开各种罐子——蔓越莓、蓝莓,各种各样的莓。我可真是个开罐高手。

"那么可爱的鼓,"她说,"多可爱的乐器啊。要是圣诞节收到一面鼓,我应该不会拒绝。"

领会暗示这方面,我不比任何人差。

我们像两个巡逻兵一样忙了一整天,我在厨房门口放了把椅子,这样就能听到门厅的电话铃声了。

"你很烦躁啊。"她说。

"就一个蠢女人而言,你拥有很强的洞察力。"我说。谁都看得出我很烦躁。我打碎了三个杯子,刀叉还从手里飞出去过,我简直就像个闹鬼剧里把东西扔来扔去的灵媒一样。不管怎么样,东西最终总算准备齐全了,她还做了些诱人的酱汁。她要是没那么贱,我会喜欢她的。

七点钟,客人开始到了。玛格丽特夫人第一个到。她上台阶时还让司机扶着,好像腿瘸了或者有别的什么问题。

"晚上十二点。"她说,司机抬了抬帽子走了。她靴子里装满了雪,当然还必须换衣服,前厅里留下一摊摊泥水印,搞得一塌糊涂。你可能会以为是小狗还是什么别的东西搞的。

"是不是要有小杜拉克了?"她上楼后对我说。每次在楼上看到我,她都会这么说,而我总是会说我觉得要有了。不过是为了摆脱她罢了。她花了很长的时间整理头发,又往脸上涂啊抹的,她的脸本来就已经像白瓷一样。她说她的貂皮染的颜色是不列颠群岛上其他任何一件貂皮都不能媲美的。

"你应该买一件——当然不是我这样的。"她说。

"我会的,"我说,"火车站失物招领处貂皮一堆一堆的。"对天发誓,我真的在公告板上看到过。饲养貂、野生貂,还有蓝貂。她不高兴了,我能看出来,她匆匆离开了卧室,快步走下了螺旋楼梯。

"玛格。"弗兰克颇感荣耀地叫着她的名字。这是他为了让人感觉他们熟得像老同学一样而发明的叫法。玛格丽特给了他一个假模假样的吻，像那些盛装打扮的女人那样。你知道的，意思是，别——碰——到——我。我又去开门了，这次是小设计师来了。她人很好，把塑料雨鞋套脱在了前厅，也没有大张旗鼓地要上楼去对镜打扮一番。那个大客商和她前后脚到了，我还没来得及谢他，他就问我花收到了没有。收到了，是白菊花。我当然把花摆起来了，房子里看着其乐融融，显然所有人都在度过一个愉快的夜晚。弗兰克就站在我身边，胳膊搭在我肩膀上。所有权嘛。婚姻的至福。花岗岩壁炉里，火焰在熊熊燃烧。一瓶瓶红酒立在炉边暖热；白酒则在冰镇。别以为这些知识是我们不费吹灰之力就获得了的——我可是上过一门课的，一起上课的是一伙你能召集起来的最无聊的女人。

库尼在楼下的厨房里把炖锅砸得咣咣直响，弗兰克咳嗽了几声，要开始讲他准备好的那两个故事了。这是个所有人都要么咳嗽，要么伤风的月份，鼻塞咳嗽的声音和喧闹的交谈声合奏在一起。

"你们可能不相信，"他说，"我今天遇到了一个人，他有三百六十五件衬衣，一年里的每一天都要换件新的。"

"那闰年他得多准备一件。"我对那个设计师女孩说，她看起来似乎正反应过来,自己闯入了一个多么糟糕的夜晚。

实际上,弗兰克和他兄弟是很会雇人的。他们找了几个小伙子通宵达旦地守着建筑工地,防止有人偷桶。那些人不时会在工地上逮住一个弗兰克口中的无业游民。其实那是个有点常识的人,知道一些工会、罢工之类的事情。好家伙,他们会直接让那人从脚手架上摔下来!

"每件衬衣穿过一次后,"弗兰克继续讲,"他都会让那些法国修女洗得漂漂亮亮的。"有一家高档洗衣房,在那里,衬衣都是修女们用手洗和熨的,价格不菲。可怜的修女们,一定很不容易,从来都不能和其中任何一个男人约会。

"然后呢?"蒙席饶有兴趣地问。看得出来他打算认识这个人,然后用他的宗教教诲取代那些衬衣。

"哦,蒙席,"弗兰克说——每隔几秒,他就要叫一次蒙席——"这就是他的精明所在了:他会把这些衬衣卖给没那么有钱的人。我的意思是,那些人本身也很有钱,但钱还没多到让贪婪的人做梦都想不到的地步。"

"嗯,这是好事,是有益的事。"蒙席说,"吃完面包和鱼肉,我们的主会让人把剩饭收集起来。浪费也不符合基督教的道德观。"接下来,他开了个不小的玩笑:他凑近弗兰克,看着他粗圆的脖子说:"我是不是可以合理地认为,弗兰克,你自己也穿着其中的一件?"这时所有人都看了过来。

"蒙席,您太有意思了,"弗兰克说,"逗我玩啊。"

弗兰克穿的是一件四英镑十五先令的条纹衬衣,是在国王路买的。我眼前又出现了那个阳痿的浑蛋,穿着他那身棕色行头,在房子里大摇大摆地晃荡。

"就是那样才能保住自己的钱。"玛格丽特夫人说。她可是费了心思才把自己的钱保护得妥妥当当的。她在爱尔兰有一大片房产,管家什么的都有。不过,老天,她两条腿可真是够难闻的。即便有晚礼服裙摆遮着,你也能知道她的腿有毛病。

"芭芭,你这女主人怎么当的?他们的杯子都空了,空了!"弗兰克说。他正在做深呼吸,准备讲第二个故事。

"酒在哪儿我们自己不知道吗,我们知道可以随意喝的。"蒙席说着,给自己倒了一杯。弗兰克的兄弟和弟媳来之前,我已经喝得差不多了。弟媳穿了件钩织的白色时装,这让我很不爽,因为我自己只是平常打扮。你想知道为什么吗,因为我没有梳妆打扮的动力。我知道弗兰克一定会非常恼火,因为他们兄弟之间可是剑拔弩张地在较劲。这和好友之间的较劲一个样。

"我知道有人是想得重感冒了。"我说,她的背一直露到了腰。

"我只是必须让你看一下。"她说,"今天刚用飞机运过来的。"我连从哪儿运过来的都没问,不过不管怎么说,她在所有人面前大出风头。还没到九点,我就把他们撵进了餐厅,因为我产生了一个疯狂的念头,等大家都走后,就溜出去找他。

库尼整个晚宴期间的表现都相当不错。就说一点,她没戴那顶帽子,也没和人闲聊。只是在他们都表扬我做的菜好吃的那一会儿,稍微有点危险。不过她也实施了报复;她将一个滚烫的调味碟直接塞到我手里后就扬长而去了。

"蔓越莓酱。"弗兰克不停地说,"再来点火鸡肉,玛格。再来点火腿,有人要吗?"

"爱尔兰火腿是无与伦比的,"蒙席说,"真是美味多汁。"

还美味多汁!那是直接从丹麦运来的。

他们开始谈论食物,谈论起人生中某一时期他们是多么穷困潦倒。你知道的,互相攀比,争当那个最经常忍饥挨饿的人。那个商人之前一直都没开口,现在啰里啰唆地讲起了他曾经是怎么兜里只装着一镑三便士走在伦敦街头,然后站在餐馆门前努力做决定的:是花一镑三便士吃一顿饭,但没有晚报看呢;还是花一先令吃饭,再买一份报纸看看赛马结果。

"真是如此。"他说着四下环顾起众人的反应。

"我信。"弗兰克说。

"直到银行开门。"我说,我这嘴可真贱。他脸色大变,玛格丽特夫人发出了某种表示不满的声音,就像往外吐苹果籽一样。

"芭芭有副热心肠,"我听到蒙席说,"她唯一的缺点就是常常太过直率。"

弗兰克这时插了句话,告诉他们我对穷人有多好,讲了我怎么用家里上好的杯子给一个乞丐倒茶喝。这当然又让我开始想念我的鼓手了。我眼前出现了他把烟头扔进那个土气的大瓷盆里的情形。还有他扔火柴的样子。他把火柴夹在拇指和中指之间,然后像射箭一样把火柴弹了出去。大部分时间里,我神游天外。我想,和他待上一星期我就会厌倦的,可是说真的,我愿意做任何事情来换那一星期。明天我就去买靴子,买一件他说的那种大衣,再买一顶那种防雨帽。

"她是不会向宿命论屈服的,对吧,芭芭?"蒙席说话了。想勾起我对玛格这个蠢婆娘的同情。

"我不知道,"她说,真是个虚伪的家伙,"究竟是应该投进我那片美丽的湖里自尽呢,还是应该嫁给我的管家。"她在爱尔兰有片湖,还有个意大利管家。我以前也听说过她这一套,她算好了时间秀她的绝望。我正要说"骗鬼去吧",这时电话铃响了。是布雷迪,我心想。于是我蹦到一张临时摆出来的桌子旁,拿起电话,准备说"别哼哼唧唧个没完了"。亲爱的上帝,原来是他。

"想不想来蛇形湖这儿游个泳?"他说

"是谁呀?"我化成灰也能听出他低沉的声音。

"来吗?"

"说什么傻话。"我说。我的老天,一大帮人全都抻长了脖子,竖起了耳朵。你知道那种情形,就是人们假装在聊天,其实注意力早就跑到别的事情上了。他们现在就是这样。我也不能转接到四部分机里的任何一个上去,我知道我家这位老爷是会拿起来听的。我转身背对着他们,虽然也没什么用。

"所以你不想来?"他说。老天,他可真敏感!

"明天你过来吗?"我问。我既要让他明白,又不能让那些人听懂,这可太难了。反正我不擅长这个。

"难说。"他说。

"那,什么时候?"我问。我可是在冒着巨大的危险。

"到蛇形湖来吧,宝贝。"他说。我担心得要命,生怕他们听到他说的话。

"明天。"我说,然后停下来了,仿佛再没什么可说的了。

"好吧,别忘了我邀请过你。"他说,然后我们几乎同时挂了电话。我全身都在发抖。

"是谁?"弗兰克问。

"就是个朋友。"我像清风一样冷静地说。

"是什么人?"他问——又开始钻牛角尖了。他兄弟,那个脸红脖子粗的奸商,也斜眼看着我,好像在说:"我们有钱有势,别想骗我们。"我想,投票权对女性毫无意义,我们应该武装起来。

"我的牙医,"我说,"我错过了预约。"我在英国甚至都没有牙医。我的牙套之类的东西都是在爱尔兰做的。

库尼端着咖啡进来了,饶有兴趣地看着我。她什么都知道,当然也能听出他的声音。

"库尼太太,你真是太棒了。"我拍拍她的马屁。她喜笑颜开。

"我的荣幸。"她说。我俩可真是一对好搭档。

饭局持续了好几个小时。他们都聊到了教皇和赫鲁晓夫。

"他很害怕过教皇的生活。"他兄弟说。

"那肯定了,"他兄弟的妻子说,"当教皇能累坏他。"

"好了,好了,别给我们的朋友留下错误的印象。"蒙席说。我们的朋友,就是那个商人,是个新教徒,正一边享受着白兰地,一边还欣赏着我弟媳的曼妙的背影。他对教皇不屑一顾,不过他觉得自己得说点什么。

"有个问题我老想问问伙计们,"他说,"神父的法衣下面还穿不穿裤子?"

我即便处于目前这种状态,也还是忍不住哈哈大笑。大家都面红耳赤,坐立不安,但蒙席做出了回答,仿佛毫不吃惊。你知道,就是那种无事可惊的范儿。

他们还说到了犯罪、未婚妈妈,还有英国的道德水准问题。好像爱尔兰的道德水准就能高到哪儿去似的。差不多二十个小时之后,他们各自的司机和出租车才陆续到达。他们前脚刚出门,我立刻就上楼爬上了床。

"我要累死了。"我对弗兰克说。这天晚上我没法忍受和他亲热。他看上去心满意足,说自己讲了两个笑话,问我有没有注意到大家都笑成什么样了。他说看那商人的样子,生意应该能成。所有事情都一片光明,唯独鼓手的事,我要么去见他,要么死。

第二天上午,我带上布雷迪作为幌子,跑到了那儿。

"希望那是个好住处,"她不停地说,"有私密性。"所有东西都得有私密性。

"希望咱们能进去。"我说。我知道没去蛇形湖和他狂欢一场,他会有些生气,但我也有几样东西能让他高兴:一些早餐吃的烟熏鲑鱼,一双你见过的最大的靴子。穿上这靴子,我看着像个将军。

我们进了前门,前门开着,然后爬了记忆中级数最多的楼梯。所有门上都没有贴姓名。这是个乌烟瘴气的地方,人们不想让自己的名字写在门上,以防被发现。吸大麻的、吃兴奋剂的、拉皮条的,这里有当下社会里的各色垃圾。布雷迪神情复杂。在楼梯拐角处,我借着透过天窗的微弱光线看了一眼她的脸。

我们找到了他的门。我认出了那个美人鱼黄铜门环。

"要不要烟熏鲑鱼?"门被拉开的时候,我这么说。我面前是个女人。一个穿了身黑衣、相貌平常的婆娘。

"哈维在吗?"我问。

"谁?"她说。

"哈维。"我说。她可真是天生会岔开话题。

"哦,哈维啊。"她说,仿佛刚才我在说哪门令人费解的外国话。

"对,是他。"我瞪着她说。

"我们是来看房子的。"布雷迪这个笨蛋把我们的来意交代了。她总是见人就说自己的事。

"房子是我的。他以前在这儿住过。"她说。这个自以为是的婆娘。

"啊,不会吧。"凯特说,仿佛那真是我们关心的事一样。

"你能把哈维的地址给我吗?我想把他的钢琴还给他。"我说。

"不能,"她说,"他没留下转寄地址。"

这个流浪的家伙已经烙进我的脑子里了。他走了。我们在那儿又站了几分钟,然后磨磨蹭蹭地离开了。

那天,我们一整天在各家饭馆和夜总会找他,我知道他在一些地方有演出。奸商们问我们愿不愿意试演一下脱衣舞,还有个奸商说我有成为女摔跤手的潜质。没有一丁点他的踪迹。我甚至给那个母亲服用溶剂的无趣演员打了电话,但他对此也一无所知。他甚至都不知道我的名字,真是服了。

"你和他很熟吗?"布雷迪不停地问。她不能理解我为什么那么激动,那么心烦意乱。他把我挑逗得屁股冒火,又把我晾到一边,让我干着急没辙。我多少能猜到他已经拍屁股走人了。我还像个傻子一样去蛇形湖看他在不在那儿。没用的。烟熏鲑鱼,连同袋子都给了鸭子。

8

凯特最终找到的房子很小,但也够用。一张单人床,一个壁橱,一个藏在绿底花布窗帘后的洗脸盆。窗帘有股尘土味,是多年未洗的那种味道。热水龙头里流出来的是凉水,凉水龙头里流出来的是热水,她知道,等她离开这个地方,终归是要离开的,这个细节——冷热水装反的荒唐龙头——将会留在她的记忆里。早上,她在厨房做好早餐——橱柜的下层分给她放食物——然后端回卧室去吃,碰到狗或者房东太太就打个招呼,对二者她都报以息事宁人的微笑,然后便再次进入自己的小房间里消失不见。九点钟,她去上班。她在一家洗衣店找了份兼职工作,这意味着她能挣些钱了,不需要再接受尤金的施舍。让一个不爱自己的男人养活自己是一种堕落。而且还不是他主动提出的!下午是她的自由时间。她有时去散步,有时去看芭芭,还有三个下午会去接卡什。他们会去某个公园,她会问卡什一些关于家里的事情。

"唉，很没聊。"他说，这是他自己造出来的词。

"比如说？"她问，完全不顾体面。他从来都不会说，只是一把又一把地抓起雪扔向她。如果她弯腰闪开并且提出抗议，他就扔向哪根不会抱怨的树桩。扔了一会儿后，他就嚷嚷手冷。她会把他的手套脱掉，掰着一根根地暖他的手指，把每一根都暖回来。他喜欢这样。他看上去甚至是快乐的。但有时，看着他过于白皙的脸和过于水汪汪的黑色眼睛，眼睛下带着淡紫色的眼晕（因为便秘），她会想，眼下的事情他都知道，未来要发生什么他也都知道。他们经常去一家小餐馆喝茶——每次都去同一家，因为她知道价格——他会吃薯片，还有夹人造奶油的长条泡芙。分别的时候，他有时会流几滴眼泪。

一个这样的下午，她把卡什送到公交车站交给毛拉后，发现卡什的一只手套还在她口袋里。她知道卡什只有一双手套，于是决定晚上把手套送到家里去。她到的时候大概八点，不过窗帘没有拉上——这是尤金的众多解放方案之一。全家人——毛拉、卡什、尤金——坐在餐桌前。隔开前厅和后厅的双开门也开着，她直接可以看到房间里面，那是她曾经坐的位置，现在那个女孩取代了她。电唱机里传来了音乐，是俄国舞曲，这是他经常放的音乐，他说这支舞曲里能听出快乐的俄国人正叮叮当当地在雪地里跳舞。她能看到毛拉的脸，还有卡什的脸，两张嘴在动，还能看到他静止的后脑勺。她把鼻子凑近窗户，想听到他们谈话的只言片语。突然，她发现旁边有个人影，就站在车库门前。一开始她以为是个真人，正准备羞愧地跑开。结果发现是个雪人，和卡什差不多高。她走到跟前，看出雪人精确地再现了卡什的体形和特征：圆圆的脸，脸颊稍稍凹进去，大大的子弹一样的脑袋，一截短短的树枝当鼻子，和卡什的鼻子一样小巧、秀气。眼睛也刻出来了，大大的眼睛：完美地相似。一定是卡什出门后毛拉堆的，等他回去好给他一个惊喜。凯特久久地注视着雪人，她可以看得非常清楚，月亮是满月，花园里、树篱上、门墩上一片洁白，给这个雪人蒙上了一层神秘的色彩。应该好多天都不会化吧。她很想抱起来带走，却又不敢。

她来仍然是为了送手套。她想到把手套放在门墩上，孩子们丢了的手套经常会放在那里。但雪会把手套冻坏，于是她把手套从信箱里塞了进去，不过没让它掉下去，免得被里面的人听到。毛拉的听力非常惊人。

然后她就一直跑，直跑得气喘吁吁才停下来。她有好几个星期没回来过了。这个地方已经开始变得陌生。皎洁的月光和闪亮的星光给一切都施了魔法，小小的房子，覆雪的街道，光洁的池塘，很久以前，她还在那里喂鸭子和天鹅。冰面现在成了舞池的地板，被雪压弯的枝条触到了冰面。她走到冰面上，先放上一只脚，再放上另一只。她想在上面走走，在上面跳舞，永远跳下去，和儿子一起,或者和他的形象一起,他的形象已经被别人再造出来了。她如果能这么跳下去,能沉浸其中就好了,常常能看到书里写,年轻女孩独自起舞,嘴里还会噙着一朵玫瑰。但她的思绪不停回到那三个人身上,他们坐在温暖的房间里,结了冰的窗户外,那个雪孩子守卫着院子。

在某种意义上,这是最糟糕的一个夜晚。

尤金给她灌输的一个理念就是每天都需要散步,她确实每天都会散步,无论天气如何。冰雪一直在消融,然后再凝结。灰色的雪在水沟里堆了一道又一道,公交车轮将扫起的雪翻卷起来,溅到她靴子的脚踝位置。她能听到冰柱像房梁一样嘎嘎裂开,女人们从她身边经过,抱怨着水暖工人手不足。她去了一个公园。花开了——几朵萎靡凄惶的番红花,但它们仍然是花,而且带着一些意味。她坐在选好的座椅上,看到他来了,于是明白了自己为什么会再来。他是个年轻人,每个星期五都会带着他裹满泥土的紧身牛仔裤来洗衣店享用两个小时的服务。他穿着旧牛仔裤,坐在隔壁的咖啡馆里,两个小时之后,再回家换上他焕然一新、潇洒倜傥的银灰色牛仔裤。

她前一天就在公园里遇到过他,当时他还冲她的背影喊了声"美女"。美女——身上裹了那么多,都没形了，一张脸也因过往的事遭受了那么多打击。但她还是接受了这个称呼。

现在，他和一个朋友在一起。他们在覆雪的草地上骑着自行车，疯狂地摆出阵型，绕来绕去，接着一个急转弯，重新画出轨迹。在这个过程中，他们像斗牛士朝公牛挥舞斗篷一样，一直朝对方摇晃着车把。他们越来越近，直到最终围住了她坐的那张长椅。她坐的长椅在公园的正中央，她双腿稍稍分开，眼睛越过他们，看向那座方形的混凝土工厂，工厂的一个个方形窗户像蜂巢一样，一个以"H"开头的牌子俯瞰着地平线。她晚上看到的就是这个"H"，不是月亮。他们从上到下扫视着她裹在蓝色羊毛长筒袜里的双腿。她没有看向那两人，但知道他们正在观察自己。一阵隐秘的颤动传过她的身体，似乎有一只鸟儿从她双腿之间出发，穿过她的大衣和厚厚的粗花呢裙向上飞起。他，就是叫她美女的那个，发出了吸吮的声音。他脸色苍白，一双疲惫不堪的蓝眼睛，脸上长着差点变成粉刺的麻点。他脖子上紧紧地绕着一根银链子，紧得几乎要勒住他了。第二个男孩有意大利血统，两人都留着长发，卷曲地垂在脖子后面。他们围着长椅转圈骑车时，她没有看，不过在洗衣店的时候，她就已经知道他们长什么样了。

"接吻新姿势开始流行了。"那个脸色苍白的男孩说。他把自行车推到一边，趴在覆雪的草地上，面朝向她。

他抬起头,两个胳膊肘插进雪地里,拇指搓着链子上的纪念章。他的目光沿着她的双腿向上移动。他会看到她的衬裤吗?那条暖和、朴素的弹力冬季长衬裤。

如果她说"走开",那他可能会说"闭嘴,我也交着税呢"。所以她什么都没有说,只是直直地盯着前方的"H",很快这个"H"就会变成月光般明亮的霓虹灯了。他朝着朋友喊:"蠢货,这里有个在面包店上班的漂亮妞,绝对地甜。"他的朋友大声喊:"别勾引那女孩了。没看见她正在想事情吗?"

凯特叠起双腿,在脚踝处交叉起来,像一位坐在修道院会客室里喝茶的女士。她曾经就坐在那样的地方,生活节制的修女们围坐着,注视着她。他扬起脸,红眼圈上方的眉头皱了起来,营养不良的卑微小身板在肮脏的雪地里滚来滚去。下星期五,他的牛仔裤需要在桶里待更长时间了。她感到一阵羞愧,因为她知道自己上个星期有那么一瞬间曾对他动了心。那时她正铺开他的裤子,问他是否需要"快洗",语气已经不只是柜台服务所需的友好态度了。一种疯狂的情绪穿过她的四肢,在她眼中闪烁。但是,现在,她双腿之间的那只鸟儿死了。实际上,比她竖起的领子上那团雪消融的速度还快。雪水正沿着她的脖子往下流,她有些担忧。她想,我轻而易举就可以伸出手,让他将我拉下去,他就能得逞,短暂补偿他出生的危旧破房、带他来到世上的愚蠢父母,还有摆脱不掉的俗野口音。她带着淡淡的怜悯瞥了他一眼,无须真的说出她要表达的意思。

"待在户外特棒。"他说。

"很冷。"她生硬地说,谨慎地故意误解着他的意思。

"把你的膝盖分开,我的一点都不暖和。"

"你好大的胆子。"她说,那是一种女将的声音、体操教练的声音、医院护士长的声音,是响彻了几百年的权威的声音。她是从哪里获得这种声音的?她的双腿和膝盖都在颤抖。她站了起来,飞快地穿过草地,心都要从嗓子眼里蹦出来了。

"找你的律师谈谈怎么样。"他在身后喊着,他那个朋友这时突然不知从什么地方冒了出来,她听到那个脸色苍白的男孩说:"都是些结了婚的老太婆。"这个词刺破公园上空,在荒凉的草地上划过。她匆匆跑进几棵焦黑的乔木后面的女卫生间,树上有一群椋鸟正尖声啼叫着。卫生间里,滴露消毒液的味道、污渍没有擦掉的马桶圈、一张纸巾都没有的纸盒,以及没有嗅觉的保洁员——一切都让她沮丧,不是这些东西和人本身,而是由于她自己的过错。一星期之前,是她误导了那个男孩。铺开他脏兮兮的银灰色牛仔裤时,她突然产生了一个念头,想来一场朦胧而神奇的邂逅,想被他征服,然后在他匆匆离去时对他兴尽而厌。连他的名字都不知道,也不知道他沾着泥污的双手干的是什么职业。对一切都一无所知。外面有人在粗暴地喊着"保罗",怒气冲冲。"保罗,保罗。"

"有人在喊保罗。"保洁员说。

接下来的那个星期五,凯特请了病假,没去上班。

自那以后,她只在夜晚雾气上来的时候出去散步。那时她不需要迎上别人的目光,河水在薄雾轻纱般的笼罩下也呈现出最美的状态,河面上时而闪过的绿灯意味着有船只经过。要到河边的公园去,必须穿过一条两边都是房子的街道。精致的房子离路边有一段距离,墙上覆着常春藤,有着精致的窗户。一幢房子上挂着一个用墨水写的告示:小心路滑。需要"小心"的人,住在稳固的庇护所里,过着稳固的生活。房子里飘出浓烈的烤肉和肉酱的香味,让她心烦意乱。她晚餐吃炖羊肉或牛肉,依当天的情况而定。一个炉子一口锅的晚餐!真是好笑,她对他们曾一起吃过的那些饭的记忆比其他任何事情都要清晰。尤其是那些仪式性的时刻,比如误撞进兔子夹的那只母野鸡。他们把野鸡烤了,他把一根红褐色的羽毛插进她红棕色的头发里,开玩笑说不需要再买礼物了。那时她的生日快要到了。这一切他们怎么能全部抹去?她匆忙赶回家,坐在床上,把写字板放在腿上开始写信:

亲爱的尤金：

　　我不知道现在还能不能有所弥补，但我想说，那件事我做得真是太蠢了，也太老掉牙了。现在回想起他写的那些信——你手里的那些信——除了羞愧，我再无任何感觉。我自然错待你了，然而我也错待我自己了。我脑子里有根弦断了，那根弦本可以让我知道自己是否步伐坚稳，而不至于堕入泥沼。我不明白自己为什么要犯错。

她在署名处写上"小凯特"。昔日的称呼重新提起。

　　对这些年来从他那里遭受的情感打击，她只字未提，也完全没有提她自己从一个黎明到下一个黎明能跳八度的爱情冲动。她把信寄了出去，但并没有期望能收到回信。两天后的早上，收到回信时，她颤抖着拆开了那个棕色的商务信封，展开了那张大页纸。他是这样写的：

亲爱的凯特：

　　我现在必须做的就是忘记小凯特（这称呼多么不当），继续过我曾经因她而愚蠢地忽略的那一部分生活。

他在她身上投入了太多。她永远都无法摆脱浪费了他生命的责任。她把信读了两遍，然后任它落入泰晤士河中。她又一次站在了泰晤士河畔。又一个夜晚。潮水的印记消失在了昏暗的夜色中。太晚了。那封信她已熟记于心，像祷告词一样。她要是有敢自杀的尊严就好了。投水是最温柔的自杀方式。只需要离开这条路，踏上另一条在迷雾中同样模糊的路。她琢磨着这种想法，身体却逃离了那个地方，走上了高街，窥视着嬉笑欢闹的酒吧，扫视着她无心拥有的衣服，塑料模型的鸡块在烤签上纹丝不动，告示牌上印着的羊舌的价格便宜了四便士。丑陋的街道，丑陋的告示。她走了很久，油煎的香味一直冲入鼻孔，她走过去又返回来，比较着这个橱窗和那个橱窗里货品的价格，想打碎一块玻璃冲进去。她曾看到一个男孩这样干过，那是个醉酒的星期六晚上。但警察会来，将她抓进黑色面包车里带走，事情仍然不会有任何转机。

那晚——或者也可能是另一晚，因为那些夜晚彼此并无多大不同——她做了个梦：卡什在睡觉，比婴儿大不了多少，他睡在一张小床上，裹着的一块尿布垂到了他的膝盖上。她走到毛拉面前，让毛拉用熨斗把孩子烫死。毛拉照做了。卡什安静地死去了，连一声抽泣都没有。显然是没有痛苦的死亡。她在尿布上看到了一点血迹，但此景源于真实生活，那时卡什还是个婴儿，刚做完割礼，从手术室抱回她身边。尿布上有一小块玫瑰状的血渍，她哭了，因为卡什在毫无察觉、毫无戒备、沉醉于乳汁的兴奋中就已知道了痛苦的滋味。这时她没有如自己期待的那样在尖叫中醒过来。梦还在继续。她在梦中挨过了数月、数年，从一家家饭店、家具店、理发店跑出去，痛不欲生，因为她杀害了自己唯一能够去爱的人。最终她应该会跑到尤金那里，告诉他："我杀了我们的孩子。不是意外，我杀了他。"这时她醒了，没考虑是什么时候了，也没想再睡，径直走向外面楼梯角的电话机，拨了尤金的号码。

"卡什怎么样？"她问。

"你喝醉了？"他问，声音很清醒。他在床上吗？在哪边躺着？他是否曾在醒来的瞬间，以为她还躺在身边，穿着她的绒里睡袍，皮肤粉红，身体温暖？

"他还好吗？"她又问了一遍。

"他在睡觉。大概两小时前喝了热牛奶。"

"我做了个可怕的梦，是关于他的。"她说。

"肯定是消化不良，吃两片阿司匹林。"她没有把听筒放回话机，只是从身边拿开，放在了架子边上。电话继续发出声响，直到他意识到自己在对着空气说话，才挂了电话。

第二天，她对一个拒绝给她换一镑零钱的公交车售票员说了声"去他妈的"。她清楚正在发生的一切，但无法控制自己。

卡什掉了一颗门牙。缺了这颗牙,他看上去是那么憔悴,那么单薄,所以见到他时,凯特问他的帅气去哪儿了。卡什说那颗牙掉了,他们把牙放进一个蛋杯里,他得到了六便士。她好像可以看到那枚六便士在水中闪着银光,卡什把手指伸进去将硬币捞了出来。

"我想要卡什的那颗牙。"几个小时后,她在火车站和卡什的父亲交接孩子时说。她人生中那么多的时光都围着那个站台转。站台上的那些广告,还有如果谁需要上帝、平静,或交谊舞课就可以打的那些电话号码,她都烂熟于心。海报上的那些下流文字和用铅笔加上的东西,她也非常熟悉。展示着男式宽大衬衣的女孩被添上了一抹小胡子,唇膏女王被挖去了一只眼睛。

"那颗牙很安全,"尤金说,"我收好了,等长大了给他。"

"我想要。"她说。

"不要那么情绪化,牙很安全。"

"我一定要。"她说。根本就不是牙的事。

最终她拿到了牙,把它放进钱包里,但又丢了。一定是哪次付钱的时候夹在折起来的一镑纸币里了。她问了两家商店都没有收获。她永远都不能原谅自己。

"我把你那颗小小的空心牙丢了,对不起。"再见面的时候,她对卡什说。卡什没有在意。她非常沮丧,紧紧地抱着卡什问他最爱的人是谁。不喜欢毛拉。毛拉玩狐狸抓鹅游戏，闻着像个妈妈，腿中间长着毛，也像个妈妈。他从钥匙孔里看见的。她肚皮都要笑破了。毛拉爱笑，他母亲爱哭。很快他就会再掉一颗牙，再得到六便士。他用手指头使劲推一颗牙，但那颗牙没有晃动。他喜欢牙齿晃动的感觉，那颗牙会越来越松，越来越松，最后用一根牙线绑住。

"你在干什么，卡什？"他母亲问。他总是把一根手指头放进嘴里。

"没干什么。"他说。

毛拉和他父亲说起过她吗？

"我忘了。"他说。

"努力想想。"

"爸爸说你嫉妒别人的肚脐眼。"

"什么？"

卡什重复了一遍。她尽力让他回忆是什么时候、在哪儿、怎么说的。但卡什不能或者不愿意为她回想起来。他做了个鬼脸，说："大胖香肠。"然后她会像以前一样追着挠他痒痒。卡什绕着游乐场跑来跑去，她坐在木椅上不动，盯着前方那些一动不动的秋千、那只蹲着的不像马的木马，还有那个盖着雪的沙坑，但没有真的在看。

"妈妈。"卡什叫她。她没有站起来。来了更多的母亲，所以她没再问下去。她也没在用粉笔画的方框里跳来跳去暖脚，因为这样不庄重。母亲就是应该坐下来看着孩子玩。有一次，她坐到了秋千上，管理员过来问她是不是过十六岁了，如果是，那请她下来。

"有一天晚上，我被锁在这个公园里了。"一个母亲说。

"不会吧！"另一个说。

"真的，我是从那个大门翻出去的。"

她们四周都围着高高的铁丝网，还有一扇铁丝网大门。那样笨手笨脚的女人是怎么爬到大门上面去的？那得费多大劲啊。她乱拨树叶了吗？一些落叶还没落到地面就挂在了铁丝上，现在还在那儿挂着，像装饰品一样。不是一簇一簇的，而是一片一片的。这些树叶能让人想起什么东西。春天和孩子诞生？秋天和枯萎腐败？所以，他曾谈论起她的过错。杀死她还不够，他非得把她尸体的骇人惨状展示给别人看。

"我跑到正门那儿，"那个女人说，"对路过的一对情侣喊：'我被锁在里面了。'但他们不相信我。他们以为这是在偷拍视频。'千万别听她的，'女孩对男孩说，'你会发现灌木里藏着摄像头，下个星期你就会在电视上看到自己，样子会很傻的。'"

"太坏了。"她懒洋洋的听众说。

"妈妈。"卡什又在喊了。他正在迷宫里穿行，对一根根木桩点着头，好像木桩是人一样。她向卡什走过去。

"你知不知道有些人以为地球是平的？"

"我想有人是这样认为的。"她感觉心情很不好,因为不能追根刨底地问他父亲说了什么。

"是的,他们是'地球是平的'俱乐部的人。我能有个俱乐部吗?"

"可以。"

"什么俱乐部?"

"问他们去吧。"她盯着两个孩子看,一个是白人,另一个是有色人种,两人正在滑梯上表演生孩子。有色人种女孩站在滑梯下面,把一个真人大小的玩具娃娃推上滑梯,坐在滑梯上面的小母亲两腿夹着娃娃往下滑,接生的从她两腿中间把孩子抱出来。她们玩了五次。

卡什走过去,站在她们跟前,他们都停下来了,那是孩子们特有的停顿,他们仔细打量着彼此,然后就开始说话了。关门的铃声响亮地响起来的时候,有色人种女孩是和卡什一起离开的。她的名字叫特莎。

"我有一台自己的收音机,"特莎对卡什说,"是我那个好妈妈送给我的。"

"你的什么?"凯特问。卡什和特莎手拉着手走在前面。

"我的好妈妈,"她说,"我真正的妈妈是个坏蛋。"

"她在哪儿?"凯特说着跟上他们。

"嗯,在一个什么地方。她是跳芭蕾舞的。"

"你爸爸呢?"

"他是从黑人住的地方来的,你可以看出来。"特莎有着闪亮的黑皮肤、一头卷曲的头发、一双目光锐利、不好愚弄的眼睛。

"也是个坏蛋,"特莎说,"他让我去美国,我说得给我时间考虑一下。"

"你要去美国吗,特莎?"卡什忧虑地问。

"不,我给他写了封信,我说:'亲爱的父亲,我不能和你去美国,因为我的感冒很严重。'"

凯特不假思索地伸出胳膊抱住了那个陌生的孩子,与其说是安慰她,不如说是祝贺。

"我们可以去喝茶吗?"卡什说,趁他母亲这会儿母爱汹涌。

他们穿过马路去一家餐馆。

"每人只能有一杯茶、一个蛋糕,不能吃薯条。"凯特说,以防他们进去之后讹她。街道拐角处,一个火盆燃烧着,红红的无烟煤球发出美丽的火光,一阵热气从里面散发出来。一个男人坐在火盆边,身子一半在一间小屋外,一半在小屋里。卡什和特莎站到跟前,等着那个人制止他们。看他没有反应,他们就把凯特给他们的巧克力包装纸扔进了火里。包装纸的银色灰烬盖在燃烧着的赤红煤块上,两个孩子入迷地看着,在火光的映照下,两张小脸红扑扑的,他们把戴着手套的手伸到了火苗前。

"我也还有一个妈妈。"卡什说,完全模仿着特莎的声音,"她在我家和我爸爸住在一起。"

凯特从火盆旁后退了一步,这句话在她心里扎了一刀。

9

两天后,凯特去火车站见尤金。这个地点对尤金很方便,对她而言,任何地方都可以。她早早就到了,在一片混乱嘈杂中坐下,鸽子在她脚边摇摇摆摆地踱来踱去,四面八方都有人来来去去,显然都有要事要做。一列列火车无休无止地鸣笛驶过。她把必须对他讲的话又过了一遍:辞掉毛拉,带凯特回去,然后一家人搬到乡下的一幢白色小房子里,房子带一块菜园和一片能养两头奶牛的草场。她会变得懂事,会呵护人,会依恋着他,就像他曾有过的多幢房子中某一幢前面种的常春藤依附着山墙一样。在她的想象中,这幢房子坐落在山谷间,有一棵大树为它遮阴,树叶像常见的那样落进排水沟里。那将是他们最后的家,他们的堡垒,他们的灵柩。她下定了决心。这是她必须做的事。

为了驱寒,也为了打发时间,她从机器上买了一盒汤。第一口喝进去,她就四处寻找看有没有人能听她抱怨几句。这绝不是她的臆想,盒里绿色的汤根本就是洗碗水。盛豆子的盘子在里面洗过。汤凉了一点后,她又喝了一小口,这次更加证实了她的怀疑。那台愚蠢的蓝色机器目睹了她的抗议,她把盒子倒过来,让汤呈一条平静的水线流到了碎石柏油地面。汤盒最终落在一个装着橙子皮的篮子后面。之前一个男人拿着烤签过来把那块地方的每一片橙子皮都拾了起来。太妃糖纸和香烟盒都没管,只捡橙子皮。这里面一定有什么原因。做橙皮酱?一个头发灰白的驼背老人垂着头走过来,骂骂咧咧地怪她把汤倒掉了。他眯着眼睛在地上搜寻着烟头和三便士的硬币。她道了歉,想给他一枚六便士,又担心他会再骂一通。

"哦,你来了。"她转过身说。尤金不声不响地站到了她身后。她把洗碗水的事讲给他听,想着他能笑一笑,然而他并没有笑。他戴了双皮手套,围了两条羊毛围巾,一条围在脖子上,另一条包住了脸的下半部分。他把手放在胳肢窝下不停地拍动。

"你很冷吗?"她问。她自己有意穿了一件深棕色的毛绒外套,是打折的时候买的。这件外套单调的制服风格或许能迎合他的道德标准。

"现在是零下八度。"他说。事实。事实。他随时都会告诉她果味粉里锶的含量是多少。英国到处都充斥着事实和数据,却没有一个人能监督卖汤的机器。她往前靠了靠。他向后挪了挪。

"呃,你想见我?"他说。

"是的。"该怎么说才能暗示她这么做既是为了他,也是为她自己?她努力斟酌着用词,眼睛的余光看见有更多橙子皮被扔在地上,然后立刻就被那根烤签扎走了。

"和毛拉有关。"她终于说出来了。

"嗯。"他说。他的声音里有种精心计算出的冷静,这个声音在观察着自己平静地说出"嗯",而且表示出理解。

"我觉得她对卡什起到了不好的影响。"

"哦,你是怎么得出这个结论的?"

"卡什的忠诚面临着危险。他不知道该爱谁。"

"他的忠诚只有在被人质疑的情况下才会面临危险。"

"我从来都没有质疑过他。"她突然自顾自地爆发了,"我从来都没问过你有没有和毛拉聊天,没问过你晚上有没有把她带进书房。是他告诉我的。"

"上帝保佑我们吧。"他看着钢丝网下黑污的玻璃屋顶说,语气过于虔诚。凯特的眼睛里涌出了泪水。他的目光躲避着她。再也不会用责备的眼神瞪着她。他已经放弃她了,思想上,身体上。她以前一直以为相爱过的两个人在生活中会保留那份感情的微弱痕迹,但他不是这样。他已经摆脱她了。当然也留下了印记,但已经不再受影响,而她却不一样。她仍然心存恐惧,仍有性的需求,心里仍然怀着她所理解的爱。她再一次做出努力。

"你我之间,"她说,"就像一座火山,它会平息下来,然后再次爆发的。"

也许他认为凯特是在胡言乱语,也许他猜到了凯特的意图,他露出不想再听的神情。

"你知道吗,"他打断了凯特,"我第一次对你没有了爱的那天,哦,那是很多很多年以前了,那天我像被炸弹击中了一样,因为我发现,除了为自己,你永远都不会为其他任何人哭泣。"

"人不都是这样吗?"她说,"告诉我,有哪个男人或哪个女人不是这样?"她说。她想提醒尤金,当初他选择她不也是为了他自己的需求?他小小的独裁领地需要她这样一个女人——软弱、自责、顺从。自私是人皆有之的罪。

"当然有。男人为其他人献出生命。女人一辈子担忧的都是自己的青春。"

可他又做了什么?滔滔不绝地谈论什么战争、金钱和不公,自己却坐在家里沉溺于他个人的苦痛。还想方设法表现得高人一等。

她哭了起来,点了点头,然后又哭了起来。

"这就是你要见我的全部目的?"

"差不多吧。"她说。

他说得走了。

事务紧急吧。前院小道上的雪得去铲,茶得去泡,他的孩子得去养。已经完全成他的孩子了。他闪进了人群，成了众人中的一个，来来去去显然是有要事要做的众人。

她的大脑一片麻木，她找了个地方坐下，想理出个头绪来。她已经错失机会了。他似乎说要去长途旅行。他如果说要死去，那会让人宽慰得多啊。她意识到了之前未知的危险：孑然一身漂在世上的危险，失去能诱惑其他男人施她以父爱的那种少女魅力的危险。不仅是因为年龄；她身上已经打上了某种烙印，其他男人在一英里之外就能看出来。尽管依然年轻，她却已没有精力去哄劝另一个男人，向他求爱，喂养他，向他施爱，抚摸他，呵护他，她无法从头开始。她眼前的一切都模糊起来——她周围的一切，密密麻麻的鸽群、推着推车的脚夫、扩音器里嗡嗡播放着的录好的音乐。多年来，她一直背负在身上的沉重恐惧并未因他的最终退出而消除，反而加深了，压迫着她。几乎是为了验证这恐惧有多沉重，她站起来往前走，结果在路上撞见两个修女。修女，面容平静，过于白皙的手藏在宽大的黑色袖子里。亚麻和淀粉浆的味道，修女用手指捻灭的黑色烛芯正冒着黑烟，某个品种的百合花散发出令人窒息的甜味。有那么一瞬间，她回忆起自己在修道院里的生活，想到那时候的她是多么安全，多么木讷，又是多么完整无损。已经是那么久远的过往了。她给自己定下了任务，先绕一个书摊走二十圈，再去面对必将到来的未来。刺骨的寒气侵入她的身体，她的双脚已经潮湿——雪已经在绉胶鞋底和绒面鞋帮之间融化——但对寒气她并不在意。她大口喘着气，感觉到腋下疯狂地发起痒来，仿佛成群的虱子在那里爬来爬去地筑巢。对她而言，这毫无疑问正是恐惧的标志。

"走，走，走。"她嘴里说着。不知什么时候，一个男人走过，身边带着个小女孩，她怀里抱了个玩具娃娃。女孩慢吞吞地走着。

"加油，艾米丽，再走几步就到了。妈妈会很高兴的。"她听见那个父亲说。他拉着女孩的手，但和她之间有一臂的距离，仿佛拉的是只狗。

"我敢肯定你能喝顿好茶，我敢肯定。"他们向售票窗走去。出于某种强烈的冲动，凯特跟了上去。

"咱们要给你的娃娃也买张票吗？"那个父亲问孩子。

"妈的。"凯特说。就这么突然地、毫无计划地，这个词从她嘴中脱口而出，扑向男人那张松垮、没有下巴、年薪五千镑的脸。男人把目光转到一边，看向楼宇之间的远处，似乎没有听到。但他听到了，他把女儿换到另一只手臂中，以免玷污了她。凯特冲向一台巨大的体重器，想都没想就称起了体重。

"八英石——七磅[①]。"一个带着浓重爱尔兰乡村口

[①] 约54公斤。1英石等于14磅，1磅约等于0.45公斤。

音的声音对她说。她回了话。这个声音绝对不可能是机器发出来的。

"你是从哪儿来的？"她问。他很可能会不好意思，以为她是在取笑自己，无疑很多人都那样干过。一面挂在学校墙上的灰布地图，已经被遗忘了那么久，现在又浮现在她眼前。地图上的那些地名曾经只是地名，现在却有了传奇的隐秘意味——科尔雷恩、巴利纳斯洛、阿赛。这些地方她从未去过，也永远都不会想去，但它们都是一个传奇故事的一部分，现在，这个熟悉的口音把这个故事唤了回来。

"我肯定知道那个地方。"她说。仍然没有回复。

"听说过锡尔弗迈恩斯吗？我就是从那儿来的。这个圣诞节我没回家，你回家了吗？"

她想，他吃的也许是烤鹅，里面塞着绵软、汁液饱满的烤土豆，还要加上羊杂。她想到了自己的父亲，诧异为什么父亲现在对她已经没有了任何意义。听起来似乎极不公，一个曾对她产生过如此巨大的灾难性影响的人，一天里却并不会在她脑海中出现一两次。她醒着的那些时刻的每一分思想、每一缕呼吸都被尤金榨干了。

"说吧，"她对机器后面的那个人说，"我不能把一整天的时间都用来和你说话。"尽管，当然了，她可以。

她下来，从钱包里又掏出一便士，又称了自己的体重。他再次开口。他还在那儿。

"我敢肯定星期天在伦敦你会非常孤独。"她说,"我敢肯定你怀念那些领着几只猎狗、拿着一杆枪去田野的日子。"这是爱尔兰人热爱的一件事。

"拜托了,"她轻轻地说,"说说吧。"她敲着玻璃,等待着,等着先听到他的呼吸,再听到那个声音说"你好"或者"你从哪儿来"。在舞厅里打招呼时,这种声音就是那样说的。

也许过了二十秒。忽然有什么东西在她体内挣脱,她开始尖叫,捶打着遮住了那张被编了号的脸的玻璃。她大声辱骂着那张脸,几个月以来一直憋在她脑子里的所有想法都向它喷薄而出。她用语言也用拳头狠狠捶击,听到玻璃破碎,听到人们奔跑着喊出事了。她被擦鞋匠按住,救护车来了,然后她来到或者说回到了现实,也就是一家大医院的急救室。起先,她只是盯着手上的绷带,听着护士们的软底鞋在橡胶地板上走来走去。然后她想起来了,一件,又一件:他是怎么来的,又是怎么走的;她把他们的谈话串在一起,然后想起自己对那个带着孩子的男人说了什么,接着是那台体重器,最后是她在发作前心脏的疯狂跳动。所有细节都被塞进了一个胶囊,那么小,那么紧,那么克制,她将永远把它带在身上。

一个护士问她是否还好,问她要不要打电话让丈夫过来接她。她们看到了她的婚戒。她说不用了,他还在旅途中，但她有个朋友会过来。护士让她去社工办公室打电话，一个护士站在旁边看着她打。她拨通了芭芭的电话。

"别来歌剧明星那一套了，到这儿来。"听凯特解释了自己的窘境之后，芭芭说。

"哦，你在等着我呢，主保佑你。"她只能这么说，万一医院不放她走呢。芭芭一听又发了一通火。

"我半个小时后到。"她说，然后挂了电话，跟护士说她的朋友在等她，一切都不会有问题。在她看来，一个人失去了对自己的控制就是场灾难，如同她曾见过的一个死在路边的女人，那女人的衣服卷到了膝盖上面，一只鞋里汪了一摊血。离开时，医院给了她一张卡片，让她一两天后再回来复查。她走上寒冷的街道，大口喘着气，她的力气已经被完全耗尽了。一次死里逃生。

10

哎,好奇害死猫,信息催人胖。和鼓手的那段愉快小插曲结出了果实。换句话说吧,几个月过去了,我那有规律的老朋友却没来拜访,我连早餐都吃不下去了。我开始琢磨该怎么办。不知那东西什么时候会大概变成孩子样。在此之前,我必须把该办的都办了。我坐在自己烟草色调的房间里仔细思量,耳朵里听着那个瑞典贱货在整幢房子里把吸尘器砸得哐哐直响,这时电话响了。你可能也猜到了,形势一紧张,我就立刻辞掉了库尼。她会一直跟着我走进卫生间,看我怎么犯恶心。我说我们要去罗马待一年。管他呢,随便说什么。

电话是布雷迪从一个医院打来的。她在滑铁卢车站和一个体重器发生了一点争执,世界末日到来了。

"到这儿来。"我说,"真正棘手的大麻烦来了。"我说得那么怒气冲冲,于是她来了。

首先,我必须把那个瑞典贱货支走。

"下午休个假怎么样,哈?买买东西呀,见见男朋友。"我说。

"好——"她说着,一把扔下吸尘器,连开关都没关。她一秒都没耽搁就出了门,身上穿了件特别好看的挪威紧身衫,这衣服任何男人看了都会觉得她有副好模样。凯特很快就到了,愁容满面。猜猜她说了什么?他俩的事呗。他不爱她。她和他碰了面。他的话非常残忍,毫无商量的余地,意味深长。她确实爱他,但有时也不爱。两人关系的破裂发生在一辆公交车上,她当时确实盛装打扮了,衬裙穿了几乎有九层,可他们却要坐公交车,于是她满肚子的火。她对他说:"你要是坐到别的座位上去,我这儿就更宽敞一些了。"他认为这句话意义重大,她也一样,两人之间的破裂就这么发生了。

"闭嘴。"我说。这些话我再也听不下去了。废话。

"眼下咱们要面对一个大问题,把你脑子里的思考开关打开。"我对她说。

"什么?"她说。

"老戏上演呗。"我说,差不多是唱出来的,为了让事情听起来没那么糟糕吧。

"爱情。"她说。你就是说土豆荒,她都能给你扯到爱情上去。

"怀孕。"我说,想起以前也对她说过同样的话。那时我们还在都柏林,她问:"怎么怀上的?"我说:"就常见的那样呗。"她又说了些别的,我说这比搞两件大衣都容易。好了,对话重复了一遍,一字都不差。不过,至少这次我们有钱,有酒。她不知道,我还在棚子里存了一桶一加仑的蓖麻油,就看事情是不是会坏到最坏的地步了。

"可是孩子很好啊,"她说,"你也是喜欢卡什的。"

"那好,"我说,她是得了个学位,可在有些方面真是个白痴,"要是孩子的眼睛、耳朵、鼻子、脚丫子或者其他地方像父亲怎么办?他如果是个东正教教徒,我是不是得抓瞎了?"

她恍然大悟。想知道是谁的。他长什么样?我俩那事怎么样?我是不是常和他见面?我爱上他了吗?我们该去见他吗?见他!早溜到希腊去了!我迟疑不决,该不该告诉她这可都是她的错。但一想到这样就得听一大堆道歉了,我就没说。我们需要的是行动。

你肯定不相信,但她真的问我,我希望是个男孩还是个女孩。

"双胞胎,"我说,"各来两个。"

她突然喜欢上了反讽,告诉我她曾看到一个挂着"出售"字样牌子的橱窗上写着:全新孕妇裙,优质灰色格子面料,随时可看。

"可怜的家伙,"我说,"咱们现在就去买。"我看了她一眼,眼神能让她蜷缩起来。然后我给了她三张崭新的一英镑钞票,派她去买本医学书回来,这样就能把药都搞齐了。(我说话的方式开始像我母亲了。)总之呢，几个小时后，她回来了，买了本大词典，花了五英镑——她还不得不自己贴两镑——这玩意儿你得看了才能知道它是什么样，我说的是这本词典。里面写着像这样的东西："鼻黏膜炎，一种鼻孔疾病。"

"找关于怀孕的信息。"我说，在受教育方面，她比我聪明。她开始读输卵管的部分，然后从书上抬起头，告诉我她认识一个长了两个输卵管的女人，这意味着这人可以同时和两个不同的男人有两个孩子。我喜欢听这个，真的喜欢。我把那本书从她手里拿过来，在"A"条目下找"堕胎"①。他们居然都没将这个词收进去。

"咱们得找个医生。"她说，"找个善解人意的好医生。"

我不能去找常找的那个住这条街的家伙，他是我们的家庭医生，还是个天主教徒。我们拿来电话簿，给专科医生打了电话。好家伙，我打电话花了七十五英镑！好吧，他们都确定无比地说，必须在怀孕前就预约好——就像怀上孩子的时候，还不知道这孩子将来会不会是个傻瓜，就预定了要上伊顿公学——而且，还必须让家庭医生写封信。我们琢磨着朋友们能不能帮忙。她认识一个人，此人又认识另一个人，那个人有个朋友是

---

① "堕胎"英文为"abortion"。

妇产科医生。我连续打了大概十个电话之后,最后打给了那个在骑士桥区当妇产科医生的老太婆。她的声音是你会在一个二流酒店里听到的假装不知道那是个二流酒店的人说话的声音。

"比于说呢,"她说,"你现在流血兜不兜呢?"①

"我倒希望流得多。"我说。她一下子支支吾吾起来,然后就发现自己的预约已经排到不确定的期限了。

"希望你的元音明天能发好。"我说完挂了电话。

"现在怎么办?"凯特说,她绝望了。我要是没有这个烂摊子,一定会说她有病,该卧床了。

"你应该认识什么人的,"我说,"以你的关系。"以她包法利夫人一般洋溢的激情,我觉得她能搞定。"在贝斯沃特找个江湖骗子在餐桌上把事干了都行。"我说。她一下子大惊小怪,说这些江湖骗子的日子过得那叫一个毛骨悚然,他们靠在星期天小报上登载这些故事来大赚一笔;又说这些江湖骗子让报纸的小打字员们都活在恐惧中。

"去死吧,他们别想赚我的钱。"我说,对那些可怜的打字员爆发了一阵同情,管他们是谁。

我们又回到了词典上。

"伦敦这个时候,快乐的人、坐公交车的人、做普通

---

① 这个老太婆本想说:"比如说呢,你现在流血多不多。"她发元音时拿腔捏调,此处翻译模仿这种发音。

事情的人，到处都是。"她说。

"我愿意拿这幢房子和里面的所有东西和他们交换。"我说。我们真是卑微啊。她穿的那件灰色大衣都可以用来滤菜了，皮肤干巴得像放久了的烤土豆。眼睛曾是她身上的优势，现在因为哭得太多都凹陷进去了。

"我要给你买件大衣。"我说。

"你嫁给他是为了钱吗？"她问。我说我不知道。

"你恨他吗？"她问。我还是不知道。

"我不恨他，不爱他，我忍耐他，他忍耐我。"这时我想到了这场新的灾难，想到这会怎样扼杀他的自尊，我又要崩溃了。

"芭芭，"她说，"一旦有了这个孩子，一切都会好起来的。你俩都会发现，孩子是你们在这个世界上最重要的东西。女人需要孩子。我都想多生几个。"

"好，"我说，"那咱们就来一趟环球旅行，放松一下心情，等回来后，就说孩子是你的。"

好家伙，她立刻改变了说法。说自己还没准备好再要孩子。又有谁是准备好的？

我知道这事还得自己决定，我最好开始采取行动，便把泡澡和蓖麻油的计谋告诉了她，问她能不能别走，我怕我万一淹死，或者心脏出问题。我知道她肯定想跑，但她还是留了下来。这一点上，我得念她的好。倒也不是说她真的起到了什么作用。她几乎晕过去三次，一次是让蒸汽给熏的,一次是被杯子里的蓖麻油油腻的样子恶心到的,还有一次是被我满头大汗地痛苦呻吟和连声干呕吓得。我让她用留声机放《无心之爱》这首歌。每次留声机跳到下一首歌时,她都不得不跑出去把针放回到唱片的那一段。我认为这也算得上聪慧了吧。

我大汗淋漓地猛然转身,她正握着双手跪在地上。

"起来,"我说,"起来,你有病吧。"

"我在祈祷。"她说。她都多少年没祈祷了,连我都觉得这么久没搭理人家了,现在求人家帮忙,这事有点难。

"这不是亵渎神灵嘛。"我说,知道这话一定会让她担惊受怕。她一下子像闪电一样蹦起来,跑出去换了留声机的针,又往锅炉里加了些炭。我听到锅炉轰隆隆的响声直冲烟囱,祈祷着它千万别现在就给炸了或出事,等我这阵煎熬结束了再说。他会杀了我们的。我的肚子在抽搐,一阵阵地痛,浑身开始打战。浴室里的情形很是怪诞。镜子上蒙着一层雾气,浴室里蒸汽腾腾,各种玻璃架上的化妆品和其他东西都看不到了。我先看着水龙头里流出热水,再看一圈周围,然后直直地看向水底,希望看到水的颜色有变化,然后再次看向水龙头,又看一圈四周,我不知道自己当时这样坚持了多久。

"凯特,凯特。"我喊着,像即将要沉下去了一样抓住浴缸。

"凯特,凯特。"我又是喊,又是吼。她进来说我最好出来。

"你疯了吗?"我说。想想吧,痛也受了,汗也出了,恶心也忍了,都到一半了,又让我放弃。我抖得像片叶子,她抱住了我。

"亲爱的南丁格尔,拿着蓖麻油的小老太。"我不停地念叨,这样她就不会以为我撑不住了,然后叫个医生过来或做出什么犯罪行为。

"天哪!"我突然喊出声来,感觉后背尾骨部位像被刀捅了一下似的。我号叫起来。

"我去拿白兰地。"她说。

"别离开我,别离开我。"我确定得不能再确定,她要是走了,我就会晕过去。但不管怎么样,她还是松开了我的胳膊。我瘫在那儿,等再恢复意识时,她正用勺子给我喂白兰地,还说:"我去给弗兰克打电话。"

弗兰克!我一下子清醒了。我清醒的时间足够让我告诉她:"你要是给弗兰克打电话,我就立刻吃二十四片安眠药。"她给我又喂了几口白兰地,还关上了热水龙头。她关水龙头的时候,我明白机会已经没了,但没有一点力气去反抗。蒸汽、热气、蓖麻油,再加上酒,让我觉得自己像根稻草一样。她说要是我等会儿晕过去了,绝对会很重,从浴缸里根本拖不出去。

我穿上两层睡袍,回到了床上。我做的第一件事就是查看到底有没有任何结果,因为我在发烧中做了一个梦,梦见我在一辆火车上,然后它出现了,我无法离开座位,脚夫站在我面前喊着让我起来。它只在梦中出现了。

"嘿,拿着蓖麻油的小老太。"我对坐在那儿的凯特说,"全玩完。"我说,我要是再这么变态就去死吧。任何男人都不值得我如此。

"全玩完。"她重复着我的话。语气比我都沉重。

"咱还要把貂穿上,搭车去参加奥运会。"我说,"我还要参加勺子托蛋跑比赛。"

她没有笑。这是3月里一个糟透了的下午,现在差不多是四点钟,不过,至少房子里还很暖和,刚才我们把锅炉烧得轰轰地转。

"园丁来了。"她说。我听到了他铲雪的声音。那个冬天他唯一能做的事情就是铲雪,让我们能开着捷豹进进出出,能上前院的台阶,喝醉了也不会摔跤。倒不是说我那时候会介意摔一跤。天气灰暗,看着一团糟,我让她去把灯打开,把浸透了阳光的百叶窗拉上。

"好吧,现在该找个江湖骗子了。"我说,又开始同情那些打字员了。我为所有人难过,又不为任何人难过,就是你生活一团糟时的那种状态。

"不行。"她说。

"我都找江湖骗子给我洗头发,"我说,"有什么区别?"

"区别就是一个只是轻浮,另一个可是暴力。"

哈，天哪，我狂笑起来。我的意思是，想想我目前的鬼样子，居然还有人这样喋喋不休个没完。然后她就开始布道了。装腔作势，夸夸其谈，说我正在摧毁自己的生命，谋杀自己身体的一部分。说教故事，跟《福音书》里的一模一样。那些人会围坐成一圈，吃着鱼肉，听着故事。

她讲的故事是一个女人怀上了一个男人的孩子，那男人爱她，但她不想要这孩子。于是她把孩子打掉了。男人不再爱她，她却又疯狂地爱着那男人，整日里失魂落魄的，因为她扼杀了两样美好的东西。

"可孩子不是弗兰克的。"我说。就像她不知道似的。

"可问题是，"她说，"你不能预知自己的行为会对身体造成什么伤害。只有事后才能知道。"

好吧，这一点我提不出什么异议。每一天的每十分钟里我都能证明这一点。

"你也认识她。"她说。

"她长什么样？"我问。这个故事里有种东西强烈地吸引了我。我知道我要去美发店寻找这个女人了。

"咱们要告诉弗兰克，"她说，"等他今晚回来就说。"

"不行。"我不想跟她说，弗兰克一生气就会暴跳如雷。要是告诉了他，房子就会片瓦不存，我也会片甲不留，只能剩堆骨头。

"他会把这儿全给毁了的。"我说。

"那咱们去他办公室,"她说,"那儿的东西他总不能给毁了吧。"

"不去。"我说。

"听着。"她说。她又来了。又是一场布道。

结果就是,我开始穿衣服了。她告诉我要把脸抹得白一些,不要涂口红,这样能显得痛苦一些。这倒不难。她让我进入了一种正义凛然的状态,我已做好准备,要当十分钟的妇权斗士。她说我们不能坐车,绝不能,要卑微低调,坐公交或地铁去。他的办公室在伦敦北部好几英里外的地方。说实话吧,对过往我仍摇摆不定,对未来也是如此。我们给锅炉洒上水,穿上大衣,出发了。

地铁站有张煤气广告。上面说"不读《时尚》,不要行动"。可真对,我们正身处困境,还有人正在挨饿,有人正在流脓,各种各样的情况,这条忠告可真是至关重要。

"咱们一定得常来地铁站。"我说。

"我每天都来。"她说,这话让我觉得自己特别卑鄙。

这时,从某个拱门里突然走出一个体形硕大无比的孕妇,这一幕足以让我直奔出口处的台阶。

"回来,回来。"凯特说着抓住我驼绒大衣的腰带。就在这时,一列地铁疾驰进站,她拉着我上了一节无烟车厢。到了下一站,我们换到了另一节,各自点了一支烟。

"路上再喝点金酒吧。"我说。连她都开始失去热情了。

我们四点左右到的那儿。那是我平生第一次那么接近一个建筑工地。他们正在一个轰炸后的废墟上盖几幢办公楼，地面的雪和黄泥搅和成了一片。一块自制的牌子上写着"咨询请去办公室"，下面有个箭头，我们顺着箭头的方向走过去；工人朝我们又是吹口哨，又是发出嘘声。混乱一片，噪声连天：锤子咣咣地撞击，巨大的推土机不断地翻卷出黄土，一台钻机发出刺耳的尖鸣，脚手架上的人对下面的爱尔兰人喊着伦敦土话，他们的话爱尔兰人一个字都听不懂。太吵了。我祈祷弗兰克的兄弟没和他在一起。

"不要道歉。"凯特说。她知道那是她自己最大的缺点。

"我可能说一半就吓跑了。"我说。

我们在一间狭小闷热的波纹铁板小办公室里找到了他，就他一个人在，他面前的桌子上摊满了平面图纸和文件。他正在打电话。

"老天。"他说，我们门都没敲就进去了。

"不，不，康斯坦丁夫人，"他对着电话说，"是刚有人打翻了一瓶墨水，洒到我笔记上了……"

电话是关于给她乡下的房子做化粪池的事。我们听到了谈话的零碎内容。电话那头讲话时，弗兰克用手捂住话筒对凯特野蛮地说："但愿不是又要我们帮你收拾烂摊子。"

就要狠狠打击一下他了,我还有些高兴。

"是的,它有自己的废物处理系统。"他对康夫人说,我知道他们说的是他给康夫人在乡下盖的那幢雪松木墙板的房子。然后康夫人开始说房顶的事。石板瓦一定到处都裂开剥落了。他涨红了脸,抬高了声音。

"房顶!"他说,"那房顶绝对完美。"

接着他开始为自己的话道歉了,说:"我会亲自去看看的。"

上帝保佑那房顶吧,我心想。他可以在五分钟内造成价值一千英镑的损失。

"不需要您支付费用。"他说。他告诉康夫人用不着担心,说他说话虽然不好听,但用意是好的。最后,以一通马车夫式的典型告别仪式结束谈话之后,他放下了电话。凯特为了给我鼓劲,踩住了我的脚尖。他一开始并不看我们一眼,只是在桌上的记事本上写了些无比重要的没用玩意儿,然后坐在那儿,皱着眉头盯着自己刚才写的东西。我无法相信他就是我的丈夫,我有时还睡在他身旁,见过他难受,见过他大醉,见过他各种各样的状况。他穿上那身行头后完全是另一个人。

"我们来不是因为我的事,"凯特愤慨地说,"我们是来告诉你一件事。"

"你最好长话短说,"他说,"工人五点下班,我们还要开会。"每晚他都会把工人叫到一起,他那个野蛮的大块头工头兄弟会指出白天谁偷懒了。就像我们读到过的,在有些国家,强制手段是理所应当的。

"你跟他说。"凯特转向我。

"你先说吧。"我说。

"是你的事,芭芭。"她说,语气严厉。最终我不得不开口。

"我要有孩子了。"我说。他咧嘴笑了,可怕又可怜的笑。这就像你告诉某人他母亲死了,但你刚开口,他就会错了意,还以为他母亲赢钱了。刚开始他以为孩子是他的,以为他证明了自己。他站起来要亲吻我,但我立刻伸手制止了他。他一下子像块木头一样;他以那个姿势一动不动地定在那里,没坐下,也没完全站着,嘴里一个字都说不出来。电话响了。

"要我接吗?"我问。他抓起电话扔了出去,我躲开了,知道他又要大砸特砸了。他这时口齿比一生中任何时候都要流利。

"你这个蠢货,"他说,"总有办法对付你,还有像你这样的婊子。等回到家,我要揍你个屁滚尿流。"

"我会坐船去别的地方。"我说。

"不许这么干。你待着别动,让你干啥你就干啥。"

"你觉得我会这么气馁地活下去吗?"我说,这是凯特的高级说话方式。我能看出来他并没有听懂那个词的意思。有很多词他都不能理解,比如"气馁",比如"自慰"。

"对一个女人来说,我们这样的生活真不怎么样。"我说,"打猎、射击、钓鱼,做这些事的女人多的是。"他握紧了拳头,下嘴唇往外翻,他发怒的时候一贯如此。这些关系到女性和新自由的观点。一旦女人将人们的注意力引向任何活着的男人的缺陷上去,这个男人立即就会想杀了她。

"注意你的言辞。"他说。好家伙,那个屋子里可真热,一台双电阻丝电暖气开到了极限!

"我可以离开你,"我说,"我不在乎什么丑闻。"

他当然知道这样会影响他和那些主教之间的关系,对他的工作也很不利,因为他手里的很多大合同都是和天主教公司签订的。

"我会告诉你怎么做。"他说。

我听到外面有脚步声沿着煤渣小路重重地踏过来,知道救星来了。是他兄弟,来告诉他几分钟后会议就要开始了。

"告诉你兄弟,"我说,"危急时刻他可是很厉害的。"

他兄弟曾在爱尔兰杀过人,开车跑了,但后来被抓住了。本来要让他坐牢,但他花了钱又给放出来了。

"等我回到家,看怎么收拾你。"他说。

"我不会在家的。"我说,然后在一张纸上写下了凯特小破屋的电话。他要是想联系我,可以给我打电话。

"怎么了?"他兄弟问。他一头鬈发,满脸通红,杀气腾腾。

"是鹳①的事。"我的脸皮真厚。我的膝盖可能已经在哆嗦了,但样子还是要装好。

我们费力地走过烂泥路,来到了马路上。

"工人们的眼睛永远都眯着。他们得一直这样,砂浆才不会飞进眼睛里。"她说。我以为这只是条无聊的信息,没想到我们靠着它从那个地方走了出来,进了昏暗的街道,一直走到等公交的长队跟前。

"啊,不是吧。"她说,一下子泄了气。幸好我有钱,能打车去她的小破屋。

"我要和你挤在一块了,"我说,"这下你不会孤独了。"

她看上去忧心忡忡。谈到孩子和出生这些事,她就很不正常。

十点钟左右,他给我打了电话。他这时已经冷静了很多。他说:"我做了决定,你可以继续当我的妻子——当然,只是名义上。"这也不是什么新状况。

"很好。"我说。我想他在等着我感激涕零地说他有多慷慨大方,多仁慈宽容。我才不。我知道,一旦你开

---

① 西方传说中的送子鹳。

口道歉，就会被灭了。他想知道孩子是谁的，要找到那个人杀了。

"是个希腊人，"我说，"早回去了。"

这是我唯一能想到的话。凯特把脑袋伸出卧室门。她的好奇心可真他妈重。

"生下来会是个白人吗？"他问。这个白痴都分不清希腊人和黑人。

"也许吧，"我说，"如果我们运气好的话。"他说从现在开始不许我再肆意妄为，他说什么我就得做什么，而且不能有任何人知道真相。

"布雷迪知道吗？"他问。

"当然。"我说。

"不许她靠近我们家。给她钱，让她把嘴闭上。"他说。从此他就开始恨凯特。

"还有，要去做告解。"他说，然后跟我说，他应当去度个假，好从这场惊愕中平复过来，如果生意上有任何紧急的事情，就给秘书打电话。

"假期快乐。"我说，然后冲到布雷迪那儿，告诉她在弗兰克回来之前，她可以和我一起度过一星期的优雅生活。

"只有恶风……"我说。然后她说了下半句："……才不会给某人吹来好运。"①

---

① 这句话改编自一句英语谚语：只有恶风，才会给大家都吹来厄运（It's an ill wind that blows nobody any good）。

我们大笑起来。已经很久没有这样笑过了。

我在卫生间里,想把东西重新摆放一下——那场噩梦之后,我看到卫生间就会陷入沮丧。这时,嚯,杜拉克出现了。我非常震惊。自我上次见到他,他已经三天没刮胡子了,身上还有股酒味。

"你还在这儿瞎混。"他说。

"那我应该在哪儿,抹大拉洗衣房①?"我说,像男人一样吹起了口哨。

"现在可以去。"他说。他站在门口,身体和门框差不多宽。他从口袋里掏出一绺金黄色的女人头发。那是一绺长长的鬈发。

"把她推荐给你的绅士朋友吧,"他说,"真是妙人一个。"

"你推荐吧,"我说,"你是权威。"我想他是想告诉我,他去过哪家妓院,还得到了一件证物,我可太高兴了。

"我发现我喜欢那个地方,"他说,"间接地体验生活。"好吧,那肯定是个新词了。

---

① 抹大拉洗衣房,用以收容"堕落的女人"的机构,18世纪在英国首创,19—20世纪在欧洲大陆、美洲和澳大利亚也逐渐出现。在20世纪的爱尔兰,它发展为关押、监禁女性的收容机构,妓女、被视为道德有问题的女性及一些残疾女性被关押在内,被迫劳作,遭受虐待。

"从各种角度插入。"他醉醺醺地看着我,"你明白我的意思吧?"他说。

"让你获得了新生。"我说,我想他大概觉得我应该表现出嫉妒或愤怒的样子吧。我的神情没有任何变化。我在发抖。

随后他像个无赖一样骂骂咧咧起来。连珠炮一样。真是上不了台面。这些语言我们在学校可从来都没学过。接着,有什么东西遏止了他到嘴边的话,似乎他那个无赖身躯里还住着另一个自己,他哭了起来。我说拜托了,揍我吧,打我吧,杀了我吧,做他必须做的,好歹把这事了结了。我向前走了一步。他看着我,像个孩子一样脸上挂着泪珠。

"你要什么我就给什么,这是不是事实?"

"是大家都知道的事。"我说。这话起了奇效。即刻起效。懊悔了。他号啕大哭起来,不过催泪的不是怒气,是崩溃。

"芭芭,你为什么要这样对我?"他说。我干那事的时候,压根就没想到他,不过说这个没什么用。我一直认为,和一个人的相识,与另一个人毫无关系,说这个也没什么用。或者说出我心里所想的一切,那些我渴望的东西、歌曲、香烟、昏暗的酒吧、电报、仙人掌、头发间的发梳、马戏团、夜里外出、生活,也没什么用。他不会理解的。

"我当时喝醉了。"这种状况他怎么可能不谅解呢?

"是在海德公园。"我说。男人的家就是他的城堡。

根据我说话的方式,他能看出来也不是什么大事,他的声音里又恢复了一丝勇气。

"跟狗一样。"他说。我想,甚至连狗都不如,但我没吭声。我在想,我怎么会有那样愚蠢的想法,以为男人既能让你爽到爆,又能把你迷得几乎晕厥过去?我是从哪儿得来的这种认识,真是个谜。

我们听见布雷迪进来了,接着听见卡什叫我俩的名字,我当然很高兴他们能来。他们是来喝下午茶的,我告诉了弗兰克。

"她会把这事到处乱说。"弗兰克说。

"她都要愁死了,谁都不会告诉的。"我说。听到这个,他很高兴。

他走进来,关上门,压低声音跟我说话。他说他会再给我一次机会,但有前提条件。永远、永远都不许再那样干了,不然他会活剥了我的皮。

"我会让你满意的。"他说。啊,应许之地[①]。听他眼皮低垂着说出这些话,真是非常可悲。我想他一定感觉

---

① 应许之地(Land of promise),意为"可望而不可即之物"。《圣经·旧约·创世纪》中记载,上帝召先知亚伯拉罕到迦南居住,但他的后代摩西只能从毗斯迦山顶遥望迦南,却不能进入。

非常糟糕。他抓住我的手,说我们再也不要提起这事了。我们要永远守住这个秘密。可怜的家伙,他谁都没告诉,连他兄弟都不知道。所以他们之间神圣伟大的联结纯属无稽之谈。除了赚钱,他们在别的方面根本就算不上盟友。涉及根本性的东西时,他没有同盟可以依靠。一切都靠他自己,还有他去的那个妓院。只有我们,他和我。同盟,同谋,同骗。我选择了阻力最小的一条路。在世人眼里,那孩子是我的,也是他的。我说好的。不然还能怎么样?最起码我并不憧憬上街过叫卖面包的生活,也不想当速记打字员。孩子会跟他姓。

"你向我保证。"他说。我祝福了自己,画了个十字。挽救工作开始。我们握了握手,走出了房间。当然,心情也没有多轻松,不过还能怎么样呢?

我们的家庭医生安排我去看妇科医生。在一个无聊的下午,很多人或坐下来喝茶或去店里买面包时,我去了医院。给我开门的护士戴着厚厚的眼镜,镜片后面泪眼汪汪的。那倒没什么要紧。我也不觉得自己有多同情她。医生问我结婚多久了,我们是不是乐于建立一个三口之家,我当然只能说是的。他们都是天主教徒。他问我感觉怎么样,我跟他说了下情况,比如半夜起来煮芽甘蓝,早上胆汁反酸什么的。他又问了很多问题,问我是否流过产,或者有过腹痛和其他疾病。我这种人,只要有人提醒,这些病就都会冒出来。他把我说的都记了下来，严肃得要命。只有上帝知道我到底撒了多少谎。

然后，他让我去了另一间屋子，让我先去排尿。我不知道自己能不能排出来——这事也不是你命令就会来的。不管怎样，我还是去了，四下打量了一下。里面有个卫生间，还有个洗手池，池边搭着一双黄色橡胶手套。手套上沾着星星点点的爽身粉，闻起来是婴儿的味道。我都已经忘记那种味道了。还有一幅画，应该是为了搞笑吧。是张漫画，上面写着生孩子之前，应该测量一下丈夫的头围。听到他上了楼，我爬上了那张黑皮椅，椅子两边有两个脚蹬。我知道他们做检查时会把我的脚塞进脚蹬里，我向上帝祈祷千万不要出丑。

他漫不经心地走进来，问我赌不赌马，然后开始长篇大论地说他怎么差一点就赢了双倍赌注。这个过程中，他先是慢慢往手上戴橡胶手套，然后一点一点地抚平，任何一根手指上都不留一点褶皱。他让我把脚跟卡在脚蹬里，我这辈子从来都没有感觉到这么无助或者说这么粗野。以前最多只是俯卧，而且面对的还是窗户。

"我本来可以赢一大笔的。"他说。

"水涝了？"他说。幽默吗？！

"你是搞笑吧。"我说。

"放松。"他说，接着就简直是凌辱了。放松！我想到了女人们，想到她们不得不忍受的一切，不光是洗尿布，或不能当最高法院的法官，而是所有这一切。这一切的戳弄、刺探、伤害。不光看医生时如此,她们在做新娘那天和爱她们的男人上床时也是如此。哦,上帝啊,并不存在的上帝,你恨女人,不然为什么要把她们造得不同?还有耶稣,冷落自己母亲的耶稣,你更厌恶女人。带着一伙男人游荡、捕鱼;在山顶布道。却遗弃了女人。我想到了所有经历了这些,却连那个重要时刻会在何时都不知道的女人,还有那些手搭在床边握着念珠、嘴里念着《玫瑰经》的女人,那些呼喊"停,停,你这个肮脏的家伙"的女人,那些拼命喊着让刺激直达中心的女人,然而往往一切都是徒劳,她们从床上起来,骑着可怜的门把手、亲吻着木门、喊着脏话,然后哭着擦拭着门把手,而这一切也全部都是徒劳。

"还好吧?"他说。我深吸了几口气。

"我希望,"我对他说,"我天生就是个野蛮人。"我的确希望如此,野蛮女人们不需要被绑起来,她们只是让孩子从自己的身体里掉出来,然后继续砍甘蔗或干野蛮女人要干的事情。

"多精彩的观点。"他说,我能感觉到他的手指正往外抽。疼痛加剧,压力增大。我在想他是否曾有过动手动脚的念头,还是说消毒液和这套东西让他直接丧失了兴趣。他说没错,我确实怀上了。他说出这事的方式让我几乎犯了恶心。

"上帝让你的子宫结了果。"这是他确切的原话。他说我丈夫该多高兴啊,又说了一大堆我不想听的技术性的话。都是关于胚胎的。

他先下楼了,我从包里找出内裤穿上。

他在楼下让那个泪眼汪汪的护士写下我什么时候再来,又给了我一张补铁和维生素的处方。而我只想要一张麦角碱的处方,或任何一个明智孕妇要吃的药的处方。我走出医院,坐在对面的广场上,那里写着"非住户勿入"。我唱着"我来了。我没想到要来",哭得稀里哗啦。孩子如果是杜拉克的就好了。别让我说什么恶不会有恶报,因为我本来就这么觉得,可我还会说,善也不会有善报,一切皆纯粹的意外,我们的人生就是明证。孩子啊,我想,上帝保佑他们,他们并不认识生出自己的那些浑蛋。

11

令人震撼的沉默。连他桌上的钟都没有嘀嗒响,尽管它走得很准。凯特往四下看了看:橡胶树还在,沙发上还盖着那条床单。别的病人也会躺下吗?无名的、充满敬畏的病人坐在外面的等候室里,坐在指针嘀嗒响的阴影里,等待着倾倒出自己的痛楚。他每个星期都会给这些病人开些药片——小小的白色药片,装在小小的圆形盒子里——外加五十分钟的抚慰。这样能让他们保持麻木、上公交、下公交、遛狗、晚上上床睡觉时不会一冲动就抓起枕头跑到楼下,把头埋在分期付款买来的煤气灶里。这样他们能慢慢死去。

这是凯特第四次来看这个精神科医生了。她发现自己没有任何话可说,或者,有太多话要说,在就诊时间里一股脑儿说出也无济于事。时间到了,停,等下个星期再继续。分期的绝望。她看着这个脸色苍白的薄唇男人,他像个假人一样坐在那里,听她诉说着自己的痛苦,像在听天气预报。滑铁卢车站那场灾难事件之后,芭芭的家庭医生认定凯特应该去看精神科医生，因为她的情绪极不稳定。他把凯特送到了当地医院的门诊部。第一天，她除了哭什么都没有做。第二天，她说起了尤金，说自己如何所托非人——对他抱期待，就像人会对已成过往之事仍抱期待。正如人在年幼之时，以为天气总是和煦，树篱上总是结满了野草莓；而实际上，暖和的天气只有几天，草莓也只不过是传闻。是芭芭发现了真相，或者是她声称自己发现了真相。无论如何，她憎恶谈起自己的婚姻。这不仅有违她自己的隐私观，还让她陷入空虚。毕竟，生活是人与自我之间的一个秘密。秘密释放出去越多，给中心留下的就越少——那个中心是她所渴求成为的，也是她立即能从别人身上识别出来的。水果都有中心，它们——比如樱桃——最核心的部分是其价值所在，美味所在。当然，有些水果带有瑕疵，或者长成了空心。其实有很多。那么他呢？这位穿着粉色衬衫、衣领用药片一样白的扣子向下固定住的利落英国男人。要了解这一点，只能通过和他睡觉了。这是真正了解一个男人的唯一方式。这个想法让她恶心。

离开尤金前，她经常想象和其他男人在一起——陌生的、遥远的男人向她招手，当她向前移动，他们会拉起外套，露出身体，让她从他们伸出来的摇摆的阳具旁飘然而过。大多都是深藏不露的男人。但有一个是金发男子，长着一双浅绿色的眼睛，像乳清的颜色。然而，现在可以去品味其他男人的神秘了,她却拒绝了,缩回自己的梦中。

"你在想什么?"精神科医生问。就诊时段已经过去一半。

"在想一场空难。"她说,撒了个漂亮的谎。这几个字是凭空出现的。

"是你逃出来的一场空难?"

"不是,是我读到过的。一百零四个人在波士顿还是什么别的地方遇了难,后来,几百万名专家对失事原因做了调查,我的意思是,专家们做了调查,发现引擎出问题是因为椋鸟在里面筑了巢。这件事让我一直很难受。"

"为什么?"

"因为我觉得自己像椋鸟。"

"你感觉自己杀了人?"

"我感觉自己仿佛摧毁了别人,用的是软弱。"

"你摧毁过多少人?"

"我不知道。"她说,突然开始无法控制地哭泣。他从桌上的纸盒里抽出一张纸巾递给她,也许正是为了那些无尽的哭泣,他才把纸巾盒放在那儿。

"好了,振作起来吧。"陈词滥调。她弓背坐着,盯着那张正在破碎的潮湿纸巾,努力控制自己。她为什么要说那样一件事?那件事为什么会让她难过?她渴求他的安慰。如果一个人看到自己哭泣,却不能像山峦拥围河谷那样拥抱自己那么一会儿,她是不能忍受的。想到山,她突然想起母亲。平生第一次,她对那个过度操劳的故世女人产生了一丝从未体验过的厌恶。母亲的和善和意外溺亡为她罩上了一层完美的光晕。一直以来,凯特对她的爱是永恒的、未曾改变过的,就像圆顶玻璃瓶里的蜡花一样。如果母亲能有一座坟墓,那样的蜡花将会摆放在上面。现在,凯特突然从另一种角度去看那个女人。一个自封的殉道者。勒索者。把脐带再缝合回去。用令人厌恶的、海绵般柔软的溺爱使她唯一的孩子窒息。她试图擦干眼泪,只是眼泪擦干又流了出来。她站起身,和精神科医生约了下次的时间。走过等候室的时候,她痛苦万分,连那些情况比她更糟的人都对她生出了几分怜悯。

在车站排队等公交车的时候,她哭得更厉害了。上车后,她的头一直靠在车窗上没动。女售票员过来时,她给了六便士,其实车票只需要四便士。那几天,她一直在对母亲的厌恶中度过,连母亲最细微的过错她都能想起,甚至连母亲去别人家里拜访时口音的改变她都讨厌。还有在陌生人家或陌生的饭店上完厕所后,她假模假式且潦草地做出洗手的样子,她会把一只手伸到水龙头下——刚用过的那只手。然而在家时,她如果要上厕所,只会在后门外的污水沟上叉开双腿,他们筛土豆和小牛饲料也是在那里。有一天,在强烈的厌恶与羞愧中,她想起一件事，这缓解了她的怨恨。她俩曾一起开怀大笑过，而笑是凯特现在尤为珍视的。那是在她八九岁的时候。那天，她和母亲去一个住在墓园附近的新教徒女人家里取一天前刚孵出来的三十几只小鸡。她们走的是山路，那条路更短一些，但没铺柏油，走起来更累。

"我想尿尿，"她母亲说，"帮我看着点。"她母亲从未不慌不忙地做任何事，几乎从来都没有在马桶上坐过，结果得了痔疮。她们往前看看，又往后瞅瞅，然后她母亲在转弯处蹲了下去。凯特那时还是个孩子，晃悠到了几码远的地方，接着就做开了白日梦。她出门在外时经常这样，身边的鸟儿、发出叹息的高高草叶都会让她陷入天马行空的遐想。她正在想那天买的一枚邮票，她用大拇指尖沾着邮票有胶的那一面，结果一阵风吹来，就是让草叶发出叹息的风，将那枚两便士的邮票吹走了。

"那儿有个男的，一个男的。"她突然喊着跑向母亲蹲着的地方。那人正骑着自行车以恐怖的速度沿着山路往下冲。

"在哪儿？"她母亲说着挪到了路中间，加衬的修女式深蓝色内裤搭在两条腿中间。她制造出来的那条褐色小河在尘土路上流出一条辙，正在寻找它无可逃避的终点好停下来，等着被太阳晒干。那时正是夏天。人们没有收起来的绿色干草在阳光下暴晒着。

"这边。"孩子说，她母亲正往相反的方向看。那人从拐弯处出来了,自行车的前轮从母亲叉开的双腿间插了进去。两人都摔倒了,被压在了车把手下面。

"我的天哪,要撞死我呀!"母亲尖叫起来。

"什么啊,我才要被撞死了。"他边说边努力把自己从车把手和那个女人的牵制中摆脱出来。

"老天,你这是要去哪儿啊?"她说着用手撑住尘土路面让自己起来。

"我去奔丧呀。"他说着扶起自行车,猛烈摇晃了几下,将车把手晃直了。他用风衣里衬擦了擦车座,嘟嘟囔囔地骂了几句。草坡上扎了孔的箱子里,小鸡在叽叽尖叫,孩子把脸藏在了一片巨大的羊蹄叶后面。

"你要看路呀。"母亲说着走向那箱小鸡,尽最大努力保持着尊严。她一边走,一边试图把裙子从内裤里拽出来。

"你自己也一样。"他说着快速推起自行车,跟着车子跑了几步,一条腿越过车把手,蹬着车走了,嘴里还说着:"哼,城里人。"

"没礼貌的野蛮人。"母亲等那人走远了说。她靠在草坡上,笑着看着自己手上的划痕、擦伤的膝盖,还有被扯破的内裤,那人的自行车座刚才像个狗嘴套一样滑稽地支棱在了半空。

"奔丧。"母亲说,她俩大笑起来,笑得都直不起腰来。她们又想起刚才的某个瞬间,又爆发出新的一轮大笑。

"我多好的内裤啊,你说。"母亲说。所有事情都那么好笑。

然而,她俩后来再也没有说起这件事,母亲笑够了,后来就不好意思了。

啊,童年,凯特心想。下雨、草地、松动的石头上的那片小尿洼,还有那个新教徒女人给她的一便士,握在手里出了汗,染绿了手掌。童年,一个人受一切摆布却不自知的童年。

接下来的那个星期,她没有去看精神科医生。她给自己的借口是必须找个住的地方。房东太太召唤了一堆人,沾亲带故的、有名没名的,那些在这种情况下能帮忙解决麻烦的房客候选人都应召前来,现在正在来夺走她那间房的路上。那天早上,凯特把卡什留在了房间,被房东太太抓住了。尤金让卡什和她一起待一晚。她买了个便壶,警告卡什不要跑到门外的楼梯上去。刚上床,卡什就想玩那个游戏——她变成鬼吓他的那个老游戏。

"出去之后再回来,你就变成鬼了。"他说。

"我们不能玩这个,你知道的。"

"因为那个老恶婆。"对那个一脸假笑的房东太太,还有那只龇着牙咆哮的有哮喘的狗,卡什略微知道一点。

"那,就去窗帘背后吧,"他说,"然后当鬼。"

她照办了。这个游戏刚开始,他又央求凯特挠他痒痒、吓他，让他狂笑不止。有人敲门了，房东太太闯了进来，发现孩子穿着睡衣，正待在床上。凯特说她可以解释这一切，然而房东太太认为这是欺诈。第二天一早，凯特就送他回家了。

"给我讲第一次世界大战吧，有多少步兵？"卡什问。她不能回答。她不知道答案。"嚼你的口香糖。"她说。她从售货机里买了四颗口香糖球哄卡什，因为那天早上，她把卡什的脚往袜子里塞的时候，卡什说："你什么时候才能回家，永远不离开？"

"我不知道第一次世界大战的事，"她说，"我那时候还没出生。"

"好吧，那讲第二次世界大战。"卡什说。

"那个我也不知道。"她说。卡什做出了委屈的表情，只好去数他那边车窗外的一个个玩具店，还让她也一起数，公交车从那一侧开过。

下午，她开始找单间公寓。她敲开一扇扇门，口齿清晰、信誓旦旦地说自己是白人，整洁安分，不养宠物，能大变魔法在干草暖箱里烘干衣物，会把收音机（她并没有这东西）调到基本是静音的程度。有三个人考虑租房间给她，但她突然推辞，借口说自己得再考虑一下。他们要开出条件，她却逃了，跑向另一个地址。什么地方一定有绿荫掩映的房子。

最终，她在一排一模一样的房子中找到了一套单层小房子。这些小房子看起来像从儿童绘本中而来,面积小小的,光线幽暗,塔楼式的小窗,每扇门上面都有一个石雕小天使。房子里破败不堪,芭芭说这里太适合放那套自行车链条加橙子箱的组合家具了。

她们去一家拍卖厅买了些必需品。

"我的嗅盐去哪儿了?"怀着孕的芭芭在堆成山的旧货之间的狭窄通道里侧身前行。凯特感到恶心。一股家的过往味道。床垫上沾着污渍、霉菌,床头抹着手指从鼻孔里挖出来的东西,沙发上曾有人放过屁,生活的渣滓。芭芭出了价,买了一张桌子、一把扶手椅、一张床、一只衣柜和一个雨伞架。回家的路上,她们又买了一罐消毒剂和一把喷枪,安全起见。

"咱们要好好喷杀一下。"芭芭说着,在五金店里举起空喷枪试了试。她们还买了几把灰白色的新木勺、一个提鱼器、一个烧水壶,还有一种化学药剂,能让水槽闻起来甜丝丝的。

"这个你会需要的。"五金店的人举着一个白色的壳说。

"这是什么?"

"软化水的。"

"这个要买。"凯特说。她做的每一件事都带了点荒谬意味。家不是这样草草东拼西凑起来的。

芭芭开了一瓶威士忌来为那间房子呈上祝福。她们一边等人把东西运来,一边喝着酒。

"毫无疑问，"芭芭环顾着廉价墙纸说，"你的生活又前进了，凯特。搭配得很不错。"

墙纸是紫色的，上面有红色的纹路，像丑陋的人体血液循环示意图。整套房子里的图案都一模一样。

"这儿会成为一个真正的沙龙。"她说。这时她们坐在壁炉前，怀里抱着橡胶热水袋。

煤灰从烟囱里掉落，发出怪异的细碎声音，又窸窸窣窣地落到炉架上的绉纸上，这让她们头皮发麻。要生火得先清理烟囱，要清理烟囱得先接上电，要接上电就得修好电线。护墙板上破裂的插座七零八落地掉下来，完全掉下来的地方，电线像两只危险的邪恶之眼一样支棱出来。

卡什到的时候，家具已经安装好了，那把维多利亚式扶手椅一半靠书、一半靠脚轮撑着。卡什坐在椅子上。他也以为这个房子是从故事书中出来的，可能是女巫住的地方。但他很兴奋。

"好棒，好棒。"卡什一边喊着，一边在房子里走来走去，双脚在木地板上踏步前进，欢欣雀跃，因为到处都空空荡荡的，他可以自由地搞破坏了。

"我必须走了，凯特，不然我要死了。"芭芭说。这个地方让她很烦。如果说有一件事是她无法忍受的，那就是光秃秃的墙板。光是这些墙板就已经达到她忍耐的极限了，前面几任房客任由他们的孩子用天底下所有颜色的笔在上面乱涂乱画。

"我希望你能留下来。"凯特说着，不情愿地把她送到门口。

天空呈绿色，水汪汪的。凯特说要下雨了。芭芭说，可不只是下雨，还要打雷，闪电，下暴雨，发洪水。芭芭还说要把院子木门上挂的"禁止兜售，禁发传单"的牌子撤了，商贩才不会浪费时间跑到这附近来。小道上散落着落叶、纸片，还有雨水冲刷过的写给送奶工的便条，是从其他房子的门廊吹过来的。隔在她家和邻居家之间的墙太矮，她得在那儿栽上树，省去不得不闲谈的烦扰。闲谈就会引来邻居的发问，然后又是安慰，接下来就会产生友谊。对发展友谊她已经毫无精力了。

卡什试图把那牌子揭下来，先是用指甲抠，再用叉子撬，但牌子钉得非常牢，螺丝已经生锈卡在金属牌子里了。

"来吧，咱们在房子里转一转，计划一下在每个房间里要放什么。"凯特说。芭芭离开时，卡什落了几滴眼泪。

这儿放一块土耳其地毯，那儿放一个黄铜壁炉围挡，要有一幅给卡什看的士兵画，还要有天竺葵、一个粉色的新浴缸，卫生间的马桶里要有瓷雕花朵，还需要特殊场合用的桌子，再买几张羊毛毯子，卡什脱了鞋玩枕头大战时可以舒服地躺在里面。

四块天花板上都长了绿色的潮斑,其中两块天花板上,更老的淡一些的霉斑像分了叉的细流一样从这些绿色潮斑里流出,划过天花板中心,向四周蔓延。艰巨的房顶工程。

"我们能有双层床吗?"卡什问。他正在用新买的木勺敲击着墙壁和地板,发出砰砰的声音。

"双层床!"她说。这时她正在整理前厅的那张二手床,晚上她要和卡什一起睡在那张床上。她把热水瓶放进被子里,点着了煤油暖炉。炉子是全新的,棉芯雪白,没有一点污迹。

"好了,你对我们下午茶吃什么有什么提议?"她问。面对这一片可怕的空旷,保持忙碌很重要,让卡什保持忙碌也很重要。面包片加火腿和豆子。他们坐在前厅,靠近壁炉,把盘子放在腿上吃饭。比起坐在桌子旁,卡什更喜欢这样,如果豆子从盘子里滚出去,他伸手就可以捡起来。

"你可以带一些玩具过来,留在这儿。"她说,想让卡什安稳地住下来。

"我能要几个新火箭吗?"他问,"我们什么时候能买电视?"她心想,多悲哀啊,她竟然要用物品来赢回他。

夜晚慢吞吞地拖曳前行。现在才六点钟,他们已经吃完了下午茶,洗漱完毕,把药剂放进水槽里,然后在房子里转了一圈,在每一个房间里都放了一个小碟子,里面放一支蜡烛，碟子旁边放上火柴，以备半夜有紧急情况要进哪个房间。为了庆祝，她还买了支红蜡烛，在一个挖空的芜菁里点燃，放在壁炉上方。她给卡什讲了自己小时候过圣诞节的事情，那时候他们总是把蜡烛点在芜菁里，放在窗台上，想着说不定基督会路过。卡什永远不会见到她出生的那个地方。对那幢哭泣的石砌房子，卡什一无所知，那里是她一切烦扰开始的地方。卡什也无心听她讲那个无聊的故事，讲她怎么害怕妈妈上楼收拾床铺，最后只好跟着妈妈一起上楼。卡什想画画。没有笔，也没有纸。他们在两个墙柜里搜寻了一番，只找到一片湿漉漉的触感，还有一只皱巴巴的足球鞋。

"画在窗户上吧，"凯特说，"发挥你的想象力。"窗玻璃外面覆盖着厚厚的一层污垢，里面也蒙着一层尘土。一盏黄色的街灯刚刚亮起，灯光映照在那两扇肮脏、覆着泥污的窗玻璃上。再晚一些，上床前，她得挂上一条床单或什么别的东西，不然街道就会那么直直地盯着他们。之后她还得买些布料，量窗户的尺寸，做窗帘，挂上，晚上拉上窗帘，挡住瞪着他们的街道。那时他们会听到窗帘环拉过杆子的声音，壁炉里的火苗也会在墙上跳跃，人们这时会坐下来吃晚餐。哪些人呢？

她向那边看过去，看看卡什是画了一幢房子，还是一只小猫。看到那扇布满灰尘的窗户涂满一个巨大的"救命"字样时，她用手掩住嘴巴，倒吸了一口气。就在她跑过去安抚卡什的时候，他一定觉察到有什么灾难性的事情正发生在自己身上，他突然哭了起来。她从来没有见卡什那样哭过。

"我要爸爸。"卡什说。

"我们会去找他的。"她说。

"就现在。"卡什说。

"怎么了？"她问，"你为什么哭？"

他想要纸，要笔，要电视，要玩具，要温暖，要双层床，要他知道的那些东西。

"好了。"她说，让卡什坐在床上，拨开他的刘海，让他光滑细腻的额头露出来。她吻着卡什清凉光洁的额头，跟他说自己的记忆力真是太差了，竟然没有把这些东西都买齐，然后承诺第二天就去买。卡什也不喜欢烛光。"说不定会变成别的什么东西。"卡什说。烛光飘忽摇曳，而且有风从烟囱吹下来时，就有熄灭的危险。她把卡什紧紧搂在怀里，想庇护他，想重新唤醒已从他们生命中消失了的稳定安宁。

"我要爸爸。"卡什说着，在她怀里抽泣。卡什身上有种食品柜里用盆子盛的清凉奶油在夜间散发出的味道。她第一次抱着卡什的时候，卡什的小脚蹬着她的肚子。再后来他还曾不耐烦地咬过她的乳头，但她从未像今天这样感觉与卡什离得这么近。

"我会送你回家的。"她说着站了起来。卡什眼中似乎要溢出的泪水消失了，仿佛是被他收回眼睛里了，就像把水抽回水库里。

在出租车上，卡什一直看着窗外，评论着外面的黑暗。卡什无法面对她，他感到非常内疚。

"你要是想让我来，我会回来的。"卡什说，看到她没有回答，又说，"妈妈。"声音轻轻的，怯生生的，似乎是担心自己让她失望了。

"你会回来的。"她说，"等接通了电，等一切都弄好之后。"卡什让她意识到了以前未曾完全体会到的那种人在幼年时的恐惧，让她想起那种知道怪异、令人毛骨悚然的东西就在门廊里等着抓住自己时充满畏惧的状态。

"我想他可能不会喜欢那里。"在门口接他们的时候，卡什的父亲兴高采烈地说。毛拉就在门后面什么地方等着，卡什进门的时候，喊了毛拉的名字。

那天深夜下起了雨。一开始落下的雨点迅猛穿过花园里的树枝，从窗外冲刷而下，她将那条缝起来的床单挂到了窗户上。床单是她有一次接卡什的时候从尤金的柜子里顺走的。毛拉看见了，所以她没机会再多拿点东西。毛拉不喜欢她。她是从卡什的话里知道的。一次，他们路过一家布艺店，卡什看到了卖十一便士的枕套。

"我们给妈妈买几个。"卡什说。"不，不给她买，我们给父亲买。"毛拉说。这就说明了一切。

突如其来的雨声让她吓了一跳。刚过去的几个小时里,她一直坐着听外面的声音。她听到脚步声从外面走过来,又从门前经过,听到有人声随着脚步声传过,还听到煤灰剥落的声音和信箱门拍打的声音,仿佛有什么从外面的世界来的人或东西要从信箱里穿过。但只是风罢了。她想上洗手间,却又不敢去。恐惧攫住了她。几个小时前,恐惧就像个结一样堵在她胸口,之后又往下进入她的胃窝里,现在,恐惧让她的大腿瘫痪,将之禁锢在铁笼中。她动弹不得。门外,有某种恐怖的东西在等着她。等早晨到来的时候,她将不再能正常走路。奇怪的是,门外的怪物只在她出去的时候才会伤害她。它不会进来。她跳起来,打开门,想让这个怪物露出自己的面孔,却只看见门厅里漆黑一片。对这个地方她还不够熟悉,不知道那怪物藏进了哪个隐秘的角落。她关上门,回去坐下,知道喊也没有用,没有人能来救她。然而,恐惧有它自己的手段,她爬上前窗往外钻时,没有意识到自己有多焦虑。邻居这时出来给小摩托车盖上油布,转过身说:"亲爱的,你被锁到外面了?"

"不是,锁到里面了。"凯特说。刚说完她就意识到自己的话有多可笑。邻居是个穿着罩衣的胖女人,她翻过矮墙来帮忙。

"你这儿可真是乱七八糟。"她说着顺着前厅看了进去。根本不能和她自己的房子比,她的房子就是个小宫殿。她要来杯威士忌,也很喜欢喝。她们翻窗进去。她告诉凯特要注意别让邮递员手脚不干净,别忘了收垃圾的时间是星期二,另外,如果她需要什么东西,就敲一敲墙。对凯特冬天搬家表示了一番同情之后,她说起了自己的烦恼。她说她丈夫有一天突然离开了,现在她担心得要命,害怕他再回来,因为她自己一个人过得更快乐。当然了,她有了个男朋友,不过男人一旦和你生活在一起,就变了个人。她还说,她年纪轻轻的,脸色却如惊弓之鸟,说房子的状况可以再改善,说这一晚是让人挺害怕的,不过对花园有好处,还说永远不要低估花园里花草、树木带给你的乐趣。等凯特平静下来之后,她离开了。至少恐惧已经过去,而且,邻居女人说"你要是喜欢跳舞,哪天咱们凑成个两对",她还微笑了一下。

"也许可以吧。"凯特说,她为自己数不清的缺陷感到懊恼。但至少她是真的在尽力微笑,而且也没有提到自己的孩子,一次都没有。邻居女人喝了威士忌后走路有些踉跄。正要从墙上翻过去时,她转念一想,决定还是走大门为好。于是她带着可笑的自矜走了出去。

12

初夏的日子。冬日里一片蛮荒空旷的花园中开始长出一些东西：羽扇豆、滨菊，还有芜杂的野生玫瑰。风一吹，或被绳上的衣服碰到，玫瑰就会零星散落。虽已是5月，却仍有霜冻。有些天的早晨，一丛丛蓟草蔚为壮观，直直地立着，草叶如刀锋一般，遍体银色。六个月了。老姑娘的白日，老姑娘的夜晚，无事入侵，只是有时躺在床上无法入睡，或者会做梦。她常常梦到他俩又在一起了。在梦中，她乐于接受，但在现实生活中却并非如此。看到他时，她反应冷淡、警惕、漠不关心。嫉妒已经消散。她从公交车上看到过他们，卡什说："看，看，爸爸，爸爸。"当时已是晚上，他正开着车经过一片草地，车身也是黄昏的颜色。车里可能是毛拉，也可能是另一个新人，她并不想知道。但愿他们能一直开到地平线，开出这个世界，留下她和卡什过自己的生活。一场战争正在酝酿。他们已不再碰面，因为他写了封信，说注视她那张已被摧毁的面孔和那双匕首一样刻薄的小眼睛,不能给他带来丝毫愉快。她认为他目光中透出的憎恶更甚于自己,但又知道自己并不能做出完美的判断。两人都在谋划,各谋各的,但都很彻底。双方都在预想做出彻底的伤害,筹谋全力一击,将他们旧日"美好"生活最后的、破旧不堪的残余撕得粉碎。这都是为了卡什,两人都这样说。但夹在一对受伤父母之间的孩子算什么?武器而已。

他已另有他人,她也必须再找。然而,这并不容易!

"你干吗不引人上钩,让他以为你是个放荡的辣妹。"芭芭会这么说,说了一遍又一遍。

"我不愿这样。"凯特说。而且她也没这么做。直到一个暮光柔和的夏日傍晚,她的新电话机突然发出一阵令人震颤的尖利铃声。除了芭芭和尤金,没有人知道她的号码。但电话那边是个女人的声音,一个完全陌生的女人,要找凯特。原来是一个给卡什拍过照片的摄影师。

"像只小鼹鼠一样躲起来了哈,"她说,"我打了查号服务才找到你的号码。"

"你还好吧?"凯特说。她几乎不认识这个女人。她们是在一家咖啡馆遇见的。那女人喜欢卡什的脸蛋,想为他拍张照片,在她自己办的一个展览上展出。和所有人一样,在分别的时候,她说她们一定要再见面。她说自己和一个做纸人的疯子住在一起,凯特一定会喜欢他。

"我现在惨不忍睹。他打裂了我的头骨,我现在看东西都有重影。哦,当然了,他现在还在这儿,必须在。"那女人说。

就是这种事让人气馁难过。别的男人和女人都能在相互残杀中活下来。她会拿所有人的行为和尤金做比较。

"什么时候?"凯特问。女人打电话是为了邀请她参加一个派对。"派对"这个词仍会让人浮想联翩,就像"没药""圣餐""玫瑰水""珍珠大麦"这样的词语一样。

"现在,就今晚。"女人的声音说,"你一定要来啊。"

为什么不去呢?她虽没有做好花开二度的准备,但心里依然有这样的意识。这是夏日的夜晚。她的所有衣服都光鲜干净,正是等待外出时穿戴的衣物。她在洗衣店工作,会让自己的衣物一直保持干净靓丽。这一晚卡什刚好不跟她住。她和尤金晚上轮流带卡什,第二天两人中的一个会送他上学。卡什现在上小学了,有了自己的生活,有自己需要保管的书桌、图画书和蜡笔。一天,她翻看卡什的家庭作业时,在一本誊写本上看到了他写的一篇作文,这篇作文得了一颗金色的纸星星。作文题目是"我的生活",是这样写的:

> 我和父亲、母亲一起住在一个大大的山洞里。每天早上,父亲出去打猎,运气好的话,他能打到一头鹿。父亲出门后,母亲在山洞里打扫卫生。

"我会来的。"凯特说,然后记下了地址。她穿上了蓝色的裙子(上天之星玛丽①),戴上了蓝色串珠,串珠"像念珠一样"垂到了她的肚脐位置。

外面,傍晚的天空染上了一层金色霞光,将整个世界严密笼罩起来。披着金光的房子斜斜地倒映在泰晤士河河面。一艘艘小船静静驶过,默默不语的船夫淡然地用一支独桨划水前行。已经涨潮了,河水干净、坚实,让人产生一种幻觉,以为可以走上水面,如同走在一条银光闪闪的摇曳的路上。

她走了一会儿,突然意识到人们是多么快乐,意识到有多少人身着鲜红的毛衣在外面结队而行,还有那么多的鸟儿。她已经忘了,鸟儿是会歌唱的!

钥匙就插在门上,吵闹声沿着楼梯倾泻下来,因此她准确地找到了那个房子。里面人头攒动,数不清的蜡烛在鎏金瓶里摇曳着火光。她在门口歇了一下,心里惴惴不安:面对这满满一屋子的人,和在来的路上坐在车窗一片金灿灿的公交车上想这些人,并不一样。手工编织的窗帘已经拉上,把夜晚关在了外面。音乐声震耳欲聋,她连一张脸都看不清楚了;听力一旦受损,她的视力似乎也没了。糟糕的关联。一个男人,不知是谁,衬

---

① 天主教中,圣母玛利亚又被称为"海洋之星玛丽"。此处应是来自这个说法。

衣领子敞着,走过来和她打招呼。

"你刚来吧,穿着这么漂亮的裙子,神情迷茫。你叫什么?是做什么的?"

她问这男人是不是做纸人的,男人说不是,她觉得那就没有再和他客套的义务了,于是她听见自己说她主要是来做个了结的。他发出一阵鼻音浓重的笑声,求她再说点什么。

她走开了,向放酒水的桌子走去,向女主人走去。女主人穿得金光闪闪,好和插蜡烛的瓶子交相辉映。

"亲爱的,你看上去不一样了。发生了什么?"那个有些沙哑的大嗓门问她。她一笑置之,伸手接过一杯威士忌。毕竟,连女主人的头骨都被砸裂过。也许这个房子里的每个人都曾灾难降身,她自己的惨事有什么必要被同情呢?

"亲爱的,认识一下大家吧。"女主人说。凯特环顾四周。两个西印度群岛人正在争论。要老练点。她想,要不跟他们讲讲在地铁站看到的标语吧,上面写着"黑鬼别碰我们的女人",但他们可能也不会笑,可能只会对她说到一边去。这是她有可能随便找个人聊上的时候。他注意到了,走了过来。就是那个最先和她打招呼的男人。他的名字叫罗杰。罗杰开玩笑似的用她的项链勒着她的脖子。

"你有点醉了。"她说,不过仍然心存感激。他长相不错,这一点让她有些担心。这几个月来,她一直絮絮叨叨地跟芭芭说身体上的吸引是种偶然。她甚至判断,要不是因为尤金阴郁的面容,她肯定不会爱上他。

"我是个冷淡的人,"他说,"不过碰上特别漂亮的女人就不一样了。"他深情款款,甚至可能真的动心了。

他显然是独自来的,因为没有女人的目光跟随着他,在拥挤不堪、光线昏暗的地方,女人的目光会追寻着她们的男人。他站得离她过近了——可以说是胯对着胯。

"听。"她说,假装出了几分冷淡。有个女人正对另一个女人说要给达夫妮打电话,达夫妮知道哪儿不花钱就能搞到古董,达夫妮家的厕所是传统样式的,达夫妮认识几十个英俊又强壮,而且还单身的男人。

"我想你应该用不着达夫妮吧。"他说。

"古董我可以要的。"她说,脑海里出现了她那四间房的画面,有两间房里空荡荡的,只有几个茶叶柜,壁炉里放着折叠的纸,好接住落下的煤灰。她正要将这些事情告诉他,这时他问:"你结婚了?"她仍然戴着很久以前他俩在一起时买的那枚素金戒。

"是的。"她说。这时一个女孩走到他身后,用橄榄色的纤细胳膊环扣他的脖子,双手在后面挽住。凯特走开了。她对自己发誓,以后再也不会依附于任何人,再也不会向任何人吐露心声。她将从派对中掠过,来去都像柔软的金色飞蛾一样,从窗户飞进来,颤动着翅膀飞一圈，然后再从窗户飞出去。只是有的飞蛾会直接扑向烛火!

厨房里有食物。清亮的汤在一个桶里滋滋地炖着。这让她想起自己在滑铁卢车站买的那杯汤，不过，她还是给自己盛了一杯。也许会有哪个头脑清醒的人过来和她聊一聊。

"那是最伟大的。"一个小个子苏格兰男人对另一个小个子苏格兰男人说，周围站着一圈见证者。他们都写剧本、十四行诗或牙膏广告，都有自命不凡的话要讲。

"你是个爱尔兰护士？爱尔兰酒吧招待？或者爱尔兰妓女？"一个留着山羊胡的和善男人问她。

她做出一副又聋又哑的样子，又逗得他们哈哈大笑。

更多人进来了，他们闻着汤和蒸汽的味道，以为这笑声真是因为有什么事很好笑。他们彼此之间叫着熟悉的名字——多、吉尔、伊萨，都是长名的简称，这样叫让他们觉得自己再也不会那么孤单了。

"他垫了胸垫，还有别的。"一个讲笑话的人正在说某人假扮成女人的事。这个故事很有吸引力，因为那个假扮者是个电视演员。

"我的头发每天都能长一英寸，我就坐在床上看着它长。"一个演员模样的女孩说。就是那个搂着罗杰的女孩。她咬着自己浅黄色头发的发梢，等着有人告诉她这个样子有多撩人。

"克拉丽莎饿了就吃自己的头发。"罗杰尽责地说。唯唯诺诺的人。

"对,"凯特说,她开始感到厌倦,转向克拉丽莎,但实际上是对罗杰说,"你要是参加合唱团,那基本上肯定是要站第一排的。"

她变得多恶毒啊!她走开了,表面上看她像是把手拢在杯子上取暖,实际上汤早就凉了。

隔壁的房间里,人们正在跳舞。她溜了进去,找了个凳子坐下。她在半路上找了杯酒,和汤一起喝着。在那个昏暗的小房间里,地毯卷了起来,地板上站满了人,胳膊摇摇摆摆、晃晃悠悠,狂热而渴望的脑袋摆动着。有时候,在一张唱片结束、下一张唱片即将开始的短暂停顿里,一对对男女凑在一起,女人嗤嗤地笑着,男人则握住女人的胯部,宣示着自己的占有权,和他在酒吧里要上卫生间时往自己的酒里唾一口是同样的道理。一个男人问一个红发女人,她下面的颜色是不是也是这样。

"来吧,亲爱的,你都没在跳舞。"一个高个子男人站在凯特身前。她抬头看着这个男人,慢慢地左右晃动着头,这是她之前学的动作,用来放松颈部肌肉。

"我在喝酒。"她说。

"你不跳舞啊。"那男人说。他脸色红润,一脸深情,睫毛是金黄色的。她本不反感和他聊聊天。她本可以说:"我不会跳舞。我喝酒,而不是跳舞,要不然我会哭。"

她本可以说:"教我跳舞吧。"或者说:"这些人里有多少会睡在一起?"但他正跟着喧闹的音乐晃动着肩膀,用手指打着节拍。

"不跳?"他说,"你不是原始人吧?"

"过会儿吧。"她说。那人走开了,和一个独自傲然起舞的女孩跳了起来。女孩个子很高,有些男孩子气,穿了一条皮裤。

凯特坐在那里,仔细观察着,努力在想象中跳起了舞。她晃动着胳膊、双腿、臀部、肩膀,但没有信心站起来跳。

"觉得怎么样?"做纸人的男人朝她喊。

"很棒,很棒。"她说。这是口令。他正在和一个女孩跳舞,那女孩头上顶了个草莓篓子,好让自己显得高一点。他朝凯特的凉鞋挤了挤眼睛。凉鞋是露脚趾的,银色,像老鼠尾巴一样细的带子从脚背绕过。她漫不经心地对着他的目光看了一会儿,然后往四下张望起来,想再找一杯酒。她拿起一杯散放在外面的酒,往自己的杯子里倒了一些,贪婪地喝了起来。如果没有别的事,那她就喝到醉!现在两台留声机在同时播放两首截然不同的曲子。跳舞的人因为用力和猜疑而脸部扭曲,眉毛上的汗珠很明显。房间里又热,又无趣,又嘈杂。已微醉的凯特想到了她所知道的最清凉的东西——新鲜的褐色泥土散发的气息,那是刚翻过的土壤的无声呼吸。

通过回忆一件美好的事情来逃离一段糟糕的时光，这是她的一个习惯。她想起有一天，她对尤金说，男人的睾丸就像刚成形的葡萄一样精致，当时尤金正赤身裸体地走在卧室的地板上。那时一定是夏天，她这样觉得，一是因为尤金能裸着身子晃荡而不觉得冷，二是因为垂挂的葡萄在她脑海里是新鲜的。遥远而失落，一切都已成过去。她生命的一部分已经在过往中死去。

"来吧，我要勃起了，咱们走吧。"做纸人的男人对草莓篓子女孩说，两人冲出了房门。凯特目瞪口呆地跟上他们。她必须看看他们是不是在吹牛。

然而，他们并不在卧室。宽敞的双人床上堆满了大衣，挨着床的一边有张婴儿床，一个婴儿躺在里面，用最深邃、最乌黑的眼睛看着天花板。只有婴儿才有那样的眼睛，像刚刚加了几滴水的墨粉，仍然是一种穿不透的深蓝。凯特的身影晃到婴儿上方时，他撇了撇嘴，像要哭出来了。凯特灵机一动，想到了卡什还是个婴儿的时候玩过的一个游戏。她藏到一摞衣服后面，之后现身，然后再藏起来，再现身，直到婴儿咯咯地笑了起来，笑声惊动了其他人。婴儿的母亲过来敲了敲枕头，表明自己是孩子的母亲。罗杰也过来了，靠近凯特站着，说："你一定是个很真实的人。"

"是啊，"她说，"我还帮盲人过马路呢。"她一边说着，一边出于某种被自己埋藏起来的直觉，将手指伸给婴儿让他咬。

"哎呀。"她快速把手抽回来让他看,"天真无邪的人也不能信了,这孩子咬我了。"他张开嘴快速朝空中咬了一口,仿佛一个用一根线吊着从天花板垂下来的苹果晃了过来。他赞美了她的颧骨,问她为什么不跳舞,为什么用鄙视的眼神冷眼旁观。他一直透过门缝注视着她。她想把真相告诉他,想说她觉得自己很笨拙,很疲倦,比二十五岁显老得多,却听到自己说出了全然不同的另一番话。

"他们喊个没完,跳个没完,就没有曲终的时候。"她说。现在,她是真的醉了,说着做作的话,努力表现得高人一等。他问她刚才在想什么。

"我在想泥土。"

没有比这更有利的回答了:他现在觉得她很接地气。她是从哪儿来的?

"爱尔兰,"她说,"爱尔兰西部。"但完全没有提那些泥塘,那些一棵树不长的灰褐色沼泽地,那个延伸数英里、一片死寂的荒芜乡村,远处的地平线上有一处灰色的废墟:她那种末日临近的意识就是从那些地方生长出来的。

"那里有一座孤寂的石头城堡,"她说,仿佛那是她的城堡,"坐落在一座小山上。城堡完好无损,连美丽的石头窗框都是完整的。那里总能看到一匹白马,定居在小山的裂缝里。我喜欢住在那里。"

谎言,都是谎言。他却一听倾心,说他一定要去那里,他们俩一定要去,开启一趟朝圣之旅,骑着白马,越过沼泽,一直骑到波涛翻滚的大海那边。为了让他能再次将那个地方描述出来,她又补充了一些细节。

"嘘,嘘!"凯特说着,把手指放到他嘴边。婴儿的眼睛正要闭上。婴儿马上就要入睡的那一瞬间,大人会突然感到极度焦虑,担心婴儿不会睡着。她已经忘记这种焦虑了。她想到了卡什,感觉自己背叛了他。她取了一条围巾,围在婴儿床的一侧,遮住台灯的亮光,然后微笑着抬起了头。她已经忘记了看着一个男人被自己魅惑的那种乐趣。

"有了你,这个派对值得了。"他说。

"那其他人呢?"她指的是那些温柔、妩媚、甜腻、水汪汪的贱人。

"都很可爱。"他说。骗子。她本来期望他至少能撒点老套的小谎。

"我马上就得走了。"她看着自己廉价的手表说,仿佛手表能够拯救她。一个刚进来取大衣的女人因为另外二十件大衣起了争执,她把那些大衣都扔到了地上。

"给我找一下该死的大衣,带我回家。"那女人对罗杰说。她认识罗杰吗?也许并不认识。如今人们就是这样凑成一对的。很多人都是初次见面,然后躺上一张不是对这位，就是对另一位来说陌生的床。凯特打了个寒战，渴望安全地坐在开往自己家的出租车里。

"可是我有女伴了。"罗杰指着凯特说。

"那就要两个吧。"那女人直截了当地说，"你是个男人嘛，不对吗？"罗杰又说了一遍凯特是他的女伴，然后转身面向凯特去寻求确认。她现在已经丧失了意志力，又有些醉意，还进了圈套，由着罗杰的手在她肚子上慢慢转着圈摩挲。

往外走时，罗杰说等他一下。去说再见？还是和那个醉酒的女人约定下次见面的日期？还是顺一瓶酒出来？管他呢。

他们往与凯特住的地方相反的方向开。凯特想让他说点什么，想问他这是去哪儿，他想干什么。他时不时把手从方向盘上拿开，打着响指，扭动着肩膀，仿佛他在跳舞，想给方向盘留下好印象。他之前已经打开了收音机。

"小心。"她说。危险时刻，她总会想到卡什。

"我从来都不会小心，我追逐死亡。"他说。

她把一只手放在仪表盘上，以防万一。

他们开车行驶在一条以一种植物命名的路上，他的公寓就在那条路上。

"我会记住这条路的。"她说。傍晚柔和温暖的气息仍然让她感受到了意犹未尽的愉悦，她伸出手去抓什么东西。

她希望他们能走一走。一直走，一直走，拖延那件事，或者躲过去。现在，夜晚散步成了一件奢侈的事情，因为没有男人能陪着她走。没有心气平和的男性朋友。

"你很与众不同，"他说，"很漂亮，我想要你。"

她还没怎么想上床这个问题。既有些期待，又不期待。她不确定该怎么做。其他人的做爱方式是一样的吗？是否有些床上秘密是她所不知道的？只有过一个男人还真是个大缺陷。他们爬上高高的台阶，到了门口，然后开始爬楼梯，爬了一段又一段。他的房间是个阁楼，门是用木地板切割出来的。他转动一个滑轮，那扇地板门就升起了，接着她又爬了几级台阶，才进入一个大而杂乱的房间，房间两端有两扇对望的巨大窗户。他开了灯，从一把扶手椅上拿起几件衣服，给她腾出一个位子。门缓缓降下，地板中间的空隙慢慢合上，最后随着一声轻响，门关上了。这和在监狱里没什么区别。后来，当她想起"派对"这个词，就会想到派对之后的这段始于任性的"囚禁"经历。

"你变冷淡了，突然之间。"他说。她坐在床边，离他很近，两人正用牙杯喝着伏特加。一只后背隆起的白猫坐在那里审视着他们。

"我想要你。"他说，然后朝她咬了一口，和先前在赞美她的颧骨之前咬了口想象中的苹果时动作一样。

"委屈的眼睛,"他说,"也挺大的。"

"有时大,有时小,取决于有多困。"她说着站了起来。要保持冷漠,保持冷静,保持心如冰封。以她现在一团乱麻的情形,任何人都可以乘虚而入。她会用任何东西来换取零星的爱。

卫生间里有三种不同颜色的眼影,装在小小的圆盒子里。三双不同的眼睛曾照过那面镜子,曾用那几个康沃尔牙杯喝过酒,曾紧挨着他坐在他床边。还有一枚铜戒指,挂在一条小枝上。这些东西都是那些确定自己还会再回来的人留下来的。隔开卫生间和卧室的门不见了。等有需要了,她该怎么上厕所?他在床上朝她招手。"嘿!"他说。等凯特出来后,他进去了,这时电话响了。凯特拿起电话,但没人说话。

"不用管它。"他说。他在马桶前站了一会儿,凯特可以看到他黑暗中的身影和掌心朝下撑在墙上的手。

"我尿不出来。"他说。所以,和她在他面前不好意思一样,他在她面前也不好意思。她松了口气,走过去握住他的手,两人一起等待着、祈祷着他能尿出来,就像人们在干旱中等待雨水降临一样。她说自己喜欢新鲜小便的气味,只有时间长了尿液才会变得肮脏。她问他有没有注意到吃了甜菜根尿就会特别红。

"从来没吃过甜菜根,只吃过大黄。"他说。他说大黄的时候转身面向了她。两人又一起把这个词重复了几遍，然后他就尿出来了。他们正要坐下来庆祝一番，这时电话又响了。

"一定是唐纳德。"他说。

"唐纳德是谁？"她问，还没听到答案就已经起了疑。

"唐纳德是个生了病的好人，我必须去看一看。"他说。

"什么时候？"

"现在，今晚。我答应他了。"

"我也去。"她说。

"不，你不用去。你就在这儿等着。"他握住她的肩膀，说她做事千万别像个孩子，说她一定要上床睡觉，醒来时就会精神焕发，那时他就回来了。他点燃一支雪茄，用发红的烟头指了指她的一只眼睛，然后穿上了进门时脱掉的那件仿麂皮外套。他舔了舔一根手指，祈祷似的放在她的脉搏上。一个小小的洗礼吧。

"在这儿等着。"他说。凯特确定他是去找另一个女人了。他再次转动滑轮，走下楼梯，在最后一级台阶那儿抬了抬额头向她示意，然后门再次合上，成为地板的一部分。这一次，真的是在监狱里了。驼背的猫看着她，房间两端的那两扇相对的窗户外面，夜已然降临。一架飞机飞过，绿灯掠过时，和她的眼睛在同一水平线上。她应该在门落下撞倒自己之前就下楼去。她应该，也能够这么做。猫一直没有弄出一点动静。她对必须留在那儿的恐惧比必须离开的恐惧少一点。因此她留下了。乞食者。周围到处都是她可以读的书，或者她也可以翻一翻，找找他生活的细微痕迹。但她只是坐在那里，目光穿过房间，望向那扇刚看到飞机飞过的窗户。"这是一个不错的结果。"她自言自语，心想，现在哪里还有修道院的那些顾忌？他又没有强迫她，她完全是出于自愿，为了获得些许——什么？也许，是满足感吧。没必要把这事拔高了。只是生理上的饥饿而已。最终，她脱掉鞋子、长筒袜和塑身衣，把它们都放在皮沙发后面，这样他就不会看到了。大概一小时后，她脱掉了蓝色裙子，钻进了被单，被单上粘着星星点点已经干了的白色颜料。

他回来时，她正在打盹。

"我还在这儿。"她说着坐了起来，双手遮住脸，向他道歉。

"嘘，嘘！接着睡吧。"他说，然后脱下衣服，安静地钻进去，睡到了她身旁。几分钟过去了，什么都没有发生。她把手放进他的手里，紧紧捏住了。要是现在被他拒绝，那就太可怕了。太丢脸了。他看上去很冷静，很平和。也许他出去是因为……她闭上眼睛，满心羞惭，无法继续想下去。

"你想先睡一觉吗？"她说。这句话刺了他一下。他翻身压在她身上，全身的重量都压下来。爱抚的话语、绵长而充满爱意的抚摸、绝妙的秘密宣言，这些对她而言都是做爱的前奏，所有这些都没有发生。纯粹的流程。

就像如果在公共建筑内有人喊"着火了,着火了",他可能会打开楼里的灭火器一样。

"你并不是真的想让我和你做爱。"他说。这是他表示他自己不想做的方式。和之前看着别人对自己的兴趣慢慢褪去一样,现在她又看着他对自己的兴趣也在慢慢褪去。"一见钟情"的魔药再次证明并无效用。

她用脚板上下摩挲着他的小腿。随着节奏的加快,摩挲的速度也在加快,她诱导着自己进入一种假装出来的癫狂状态。她回忆着过去自己渴望和男人在一起的那些时刻,告诉自己最好尽最大可能去享受这次机会,也许这一刻要陪着她度过又一个冬天。

"你想要高潮。"他冷酷地说。她以前听说过同性恋或出于欺骗,或出于虚荣,会强迫自己和女人睡觉,给女人带来这样的羞辱。她只是摇了摇头,笑了笑。粗俗、冷漠、无情——这些再也不会让她吃惊。她曾经的确想达到高潮,但现在她只希望两人能在不伤颜面的情况下各自抽身。

"不要对我们做分析。"她说着,亲吻着他的肩膀,羞涩地赞赏着他用不菲的代价晒出来的橄榄色皮肤。天哪,她心想,我鄙视他。如果现在有什么办法能让他遭受痛苦,我一定会做。如果他说他妻子带着孩子们一起消失不见了,我也会咽下对他最后的一星半点怜悯,并且大笑。这是她一生中对自己做出的最为无情的招认,是她第一次意识到自己对别人的兴趣完全是出于她自己的需求。她苦涩地想到了那个小女孩——她自己，那个小女孩曾经因为一个工人的脚被干草叉扎穿而哭泣。似乎她所发现的那些世间的快乐已让她变成了一个贪婪的人。

"我爱过的所有女人都还爱着我。"他说。

"很多吗？"她问，迎合着他。

"很多。"他吹嘘说，他的思绪停留在这个词上，仿佛那些人排着队从他脑海里通过，那些可爱、圣洁的女人。

"有特别的年龄段吗？"

"年轻。"他说。

就是这个人，在那个拥挤的派对上对她说："你生命中缺失的，我必定都会给你。"而那个沉醉了的人就是她。

她轻抚着他的背，问他在哪里晒的这身皮肤，她的头左右移动着，微笑着，眉头轻皱着，开着小小的玩笑，都是为了让他觉得这方面她是老手，她并不是一个上了陌生人的床的大傻瓜。她想到曾在一个酒吧卫生间里看到一块牌子，上面用铅笔写着：六天前我和查尔斯结了婚，到现在他还没睡我。她想起这句话里的残酷是如何让她震惊，正如她现在也震惊于自己的残酷。绝望中，她开始拥抱他，用指甲按着他的背，求他亲吻自己。那个在头脑发热中跟着他来到这里的自己现在已经干涸，而且是系统性地干涸！出于颜面的考虑，她还得唤起他。那一刻到来时，她还得假装出亢奋的样子。这是怎样的骗局！尤其是当一个人本已准备好要有所得的时候。

之后，他说自己本来应该再等一会儿，但她让他别这么说，而且说了一些不出意料听起来会颇为体面的关于初次做会有意外之类的话。

"我要睡了，"她说，"醒来时我想喝杯茶。"她还是可以做到非常轻浮的。

"你是说明天吗？"他说。

"我不相信明天。"她说。但那天晚上第一次被他恭维的时候，她曾有过疯狂的念头：想着他会不会爱上自己，治愈自己，为自己带来新的思想、新的快乐；帮她忘记那些丑陋的旧日形象，淋下的新鲜血液、冰冷的医用镊子和自己曾犯下的错；帮她摆脱尤金，那个坚持守着她的幽灵，无论她穿过哪条马路，或上了哪张不该上的床，他都会将她笼罩在他的阴影之下。她真心实意地相信，这个男人，或某个男人，能够为她做到这一切。啊！他现在要睡了，身子转了过去，面对着窗户，窗外就是那片有一架飞机飞过的天空，那是几小时前，几年前了。她蜷缩起来，让自己的身体刚好嵌进他身体形成的空洞里。她想，如果女人能变回上帝创造夏娃之前的那根肋骨该有多好。只是一根肋骨，多么温柔，多么平和，多么冷静，多么有尊严！她拍了拍枕头，把几团结块的羽毛拍开,轻轻说了声"晚安"。然后,她拉上被单盖住了脸,闭上了眼睛。

但是没有用。陌生感让她难以入睡,而且随着夜晚慢慢过去,她开始害怕早晨的到来。她害怕从床上坐起,不得不说声"早上好",然后看着他的思绪绕她而去,如同河流遇到巨石就改变流向一样。他说过自己要早早出门。已经做出了暗示。她挪到床脚,下了床,甚至都没有碰到他的脚在被单下拱起的坡。她小心翼翼地穿上衣服,研究了一下门的装置,把门升起来,悄无声息地溜了出去。她没有留字条。又一次侥幸逃离。

外面的街上,星星已经消失了,也不知道昨晚是否有星星。天色加深了,从灰褐色变成了薄薄的青蓝色;蓝色的光轻抚过高高的房顶上的石板瓦,向一扇扇窗户照过去。窗户后面,人们或在熟睡,或在做爱,或在梦见自己做爱,或转过身,避开讨厌的床上伴侣的面孔和呼吸。陌生的人们,难以捉摸的人们。也是绝望的人们。发现她走了,他应该会如释重负吧。

在地铁站,她数了数钱,摩挲着赤裸的手臂。地铁风驰电掣般冲进空荡荡的车站。她上了一节无烟车厢,一起上来的还有另外两个女孩。她们也是从逾了矩的床上下来的吗?她们的装扮一丝不乱:涂着眼影,穿着开衫,拿着小旅行袋。白天天气暖和了,她们可以脱下开衫，到了夜晚再穿上。她闭上了眼睛；那两个女孩也已经闭上了眼睛。她闭上眼睛的时候，心里在想，和一个男人上床不算什么大事。上床无足轻重，只要上床之前并没有爱情发生。或者之后也没有产生爱情。这些女孩懂吗？假如地铁就要撞车了，她们提前几秒收到了警告，她最后会喊出什么话？这个新认识的男人？卡什的名字？还是痛悔祷告？无从知道。无论如何，最终她们安全到达了，只有三站。

到了上班的地方，她给他打电话。至少他还是个男人。说不定他会把她介绍给别人，然后那个人……即便是在白天头脑清醒的时候，她也对"奢华情事"怀有热切的渴望。

"你不是一夜情女孩，你是长情女孩。"他滔滔不绝地说自己多么容易就会爱上她。

"我只是想道个歉。"她说，然后扯了个理由，说自己那天喝得太多了。

"我本来是想让你快乐的。"他现在严肃起来了。

"可是你的确让我快乐了。"她赶紧说，急着做出虚伪的保证。

"等我从布达佩斯回来了，咱们一定要再见面。"他说。答案已经昭然若揭。

"祝你玩得愉快。"她说。也好。也许他知道，任何和她交往的人都只会为她和尤金之间的过往付出痛苦的代价；这是怨愤的情侣对无辜者和局外人进行报复的残酷逻辑。

她放下电话，离开门还有几分钟。在这几分钟里，她一直面对着那块五颜六色的"滚动显示"牌，但并没有看它。此刻那牌子还是不动，但很快就会闪动起来，向人们保证商品价格低廉，服务完美，绝对让他们满意。

一夜无眠，她感觉到一种强烈而无聊的清醒感。这一天尽可预知：四个小时的工作，洗衣液发出难闻的味道，皱巴巴的脏衣服让人厌倦，丢了票的人惊慌失措，认出自己的衣服之后又会松一口气；她会吃一顿两镑九便士的午餐，像往日一样沿着泰晤士河散步，也许潮水那时会退去，留下几只旧鞋在岸上——为什么总没有成双的鞋？还有浸透了水的木头，男人用过的避孕套，灰色的黑色的白色的鸽子在退潮后泥泞的河堤上啄食被放逐的精液；到了四点，去学校接卡什，带他去游乐场荡秋千，然后回家喝下午茶。又一个夜晚。但这样也不会太久了。好时光即将到来，当事情要发生变化时，她能够感觉到，就像刻入骨髓的音乐一样。等芭芭的女儿会说话了，会走路了，事情就会好起来了。她可以当卡什的妹妹。特蕾西，这是芭芭给她起的名字，更准确地说，是弗兰克选的名字。最终，弗兰克接受了她，把她当成自己的孩子，这个父亲对她甚至比对自己的亲生孩子还要尽心。而芭芭呢，虽然从来不屈从于惩戒，到最后却对善良、软弱和依赖束手无策。不过，她和芭芭还是能给自己放个假。她们会找一两个星期的时间，过一过随心所欲的生活，说着不假思索的谎言，沾惹这样那样的情事，夜夜欢歌畅舞，还要学滑雪，从大山的雪道滑行而下，和她俩的孩子们一起度过短暂的快乐日子。她想不出能去什么地方，但她们总会找到某个地方的。这事芭芭能处理好，弗兰克现在已经在琐事上对她不加限制了。他经常喝得酩酊大醉，根本注意不到。不管发生了什么，他只是挥舞着胳膊，嘴里嚷着"强大，强大"。会有几天好日子过的，也许还是几星期的好日子。想到这里，她露出了微笑，这时她看到滚动显示牌动了起来，听到机器发出了开动前沉闷的轰隆声。她知道经理已经在楼下启动了开关，让这一天运转起来了。

然而，事情的发展全然不如人所料。她到了学校大门口，卡什却并没有在那儿等着。没什么好惊讶的。卡什向来要么是最后一个出来，要么就是穿着他的胶底帆布校鞋径直从她身边走过，忘记了这一天是要去她家，而不是去他父亲家。卡什还是没有出来，于是她去更衣室找他。所有金属衣架上都空荡荡的，只有一个上面还挂着衣服。这个地方没有了孩子，也没有了衣服之后，是一派触目惊心的空旷凄凉。挂着的那件蓝色防风外套是另一个年龄大得多的孩子的。她喊着卡什的名字,然后又站在卫生间外面喊了几声。她想起以前发生过的一出闹剧,卡什被一个大孩子关在了卫生间,所以她现在大声喊着,怕他万一听不见。最后她走到校长办公室门前,紧张地敲了敲门。校长在一个整洁的小办公室里接待了她,他面前放着一杯凉了的茶。

"我找不到卡什。"她说。

"我非常抱歉,校方非常抱歉……"他摇了摇头说,又加上了一句"夫人",只是为了确认她的已婚身份。显然校长并不知道该怎么告诉她,因此请她先坐下。

"我不确定你是否知道。"校长说着,端起那杯冰凉的茶,从桌子那边给她递过来。校长告诉她,卡什的父亲是如何来到学校,宣布他已做出决定,要把孩子带走。她一阵眩晕,不得不又一次问自己,她是不是在做梦或者梦游。

"什么时候?"她问。有那么一瞬间,她觉得自己那一夜的放纵和孩子父亲的决定之间一定有某种关联。

"上星期五。"老师说。

五天前了。所以并没有关联。这一点似乎给了她力量。她似乎恢复了理智,挺直身体,让自己站了起来,然后,某种不可战胜、坚定无比的力量充满她全身,她冲出办公室,穿过走廊,跑过五条街道,冲到卡什父亲的家门前。

她击打着门环，没有人应声。她知道不会有人来开门，但还是一遍又一遍地敲打着门环，反复按着断断续续作响的门铃，还从用白石灰粉完全盖上的窗户往里看。曾经，她透过雪花覆盖的窗户看到过他们。现在，透过另一层雪，她又往里看，却什么都看不到。这是一个重大的时刻，是现实追赶上噩梦的时刻，是峰巅，也是末路。

第二天，凯特收到了他的律师发来的一封短信，里面附着他的一封长信。两封信告诉了她一切，她那天尖叫着、抓着门、敲着窗户、对着紧闭的信箱乞求有人听到和回应时想要知道的一切。他们逃跑了。卡什、尤金，还有毛拉。"乘飞机到达斐济。"现在，她看出来了，这件事是如何被精心策划并完美执行的，其精心程度不亚于一场大劫案。在他们离开之前，尤金确保她无一丝察觉，这一点把她逼到了绝境的最后一步，她可真是愚不可及。对于尤金，她了解得是如此之少。但她仍然认为，或许能揭发他们，或许他们已经违了法。

她给护照办公室打电话，先是给接线员，接着是给一个秘书发疯般地做了一通解释，然后又被转接到一个实际上为卡什签发了护照的公务人员那里。她问为什么没有征询她的意见，办事员说这个手续并不需要母亲签字。

"你觉得这样公正吗？"她说。

"什么?"电话那头的人问。

"啊,他妈的。"她野蛮地说了一句,然后挂了电话。如此巨大的阴谋,如此彻底的手段;这就像是看到报纸上一条新闻标题写着"度假大巴撞毁",然后体验了一场无意义、徒劳、盲目的愤怒。

尤金的信写得很长,而且自以为是。他说拜一个女人的恶劣行径所赐,他已经失去了一个女儿,现在绝不会再失去一个儿子。他列举了她的种种过失,所言是如此彻底,如此机智,她发现自己甚至有一半时间都在点头,认可他的观点,认可那些在细心和残酷中匆匆写下的词语,那些无可争辩、发出终极宣判的词语——"爱慕虚荣、道德败坏、心胸狭窄、铁石心肠、软弱无力、自我毁灭、没有母性"。她跳过去,继续往下读:"对我而言,除了将我身为父亲的责任履行到底之外,面前再无任何其他道路。我绝不允许你毁掉他的未来,把他养成一个被母亲窒息、情感畸形的人,即你喜欢的那类人。是什么恶念——很难称之为思维——让你理所当然地将自己的利益放到至上的位置,放在孩子健康的未来之上,也在我的工作和生活之上。为时已晚。在我和毛拉抚养孩子的时候,你本应及早将自己作为全职母亲的事业规划好。"

为时已晚!她喊出了声:"你这个疯子,疯子。一切都疯了,失去了理智。"一个又一个想法不断冒了出来,但这些想法都离疯狂不远了。她要到那里去,一把火烧掉他的房子,把卡什救出来;她要去学校,把卡什偷出来;不,她会乞求,恳求他心肠变软,要给他发一封电报,上面写着"是我怀了他,生了他",要勒索他们,让她那个政府官员老朋友写封信,组织一个官员代表团举着横幅到那里去。正义,正义,正义!她站在车水马龙的街上,像个发了疯的女人,各种想法扭曲交错,不断翻腾。朋友们各尽所能,安慰她,表示愤怒,对她报以同情;但是,这个世界上没有人,没有一个人能够挽回已经发生的一切。

她去见一位律师,当她坐在那里,向律师提供一个个日期、一件件事实、她婚姻生活中的点滴碎片时,她产生了一种确定的想法,这一切都不是真实的,马上就会有人碰碰她,笑着说:"这只是一场游戏,我们不过是在考验你。"然而情况并非如此。对话在继续。律师是一位老人,和蔼、平静,一位离婚专家。到了问关于不忠的问题时,他低头看着自己的笔记本。这个问题他必须知道。

"呃,有的。"她说。

"几次?"

"一次。"

"你愿意告诉我是怎么发生的吗?"

"不,我不愿意……"她开始说。她已经不再去做告解了,但此刻要回到对那次煎熬的回忆中,她在心里求主庇佑自己。讲出这个故事不会引起任何悔悟,只会是一次糟糕的体验。不堪的一夜。她不得不提起这件事,这实属荒唐。

"你说你丈夫并不知道这件事。"

"不知道,这两件事之间并没有联系。"啊,不,那报应要远远比这残酷,远远比这惨重。可是因为什么而遭报应?!她平静地说着,时而看着他俯在大笔记本上方的脸,时而看着他搭在一张空椅子上的考究外套。他身上穿的是一件破旧的外套,胳膊肘上打了两个皮补丁,如果跟他再熟一些,她会对他的谨慎做出几句肯定的评价。

"嗯,你丈夫,这封信有点极端了……"他再次扫视着信,对她说。

"他就是这样。"她说。她不想再说什么,不想列举他的过失,也不想为自己辩护。人只有心存希望和愤怒才会做那样的事,而几天前,希望和愤怒都已经熄灭了。现在就连坐在这里都显得毫无意义、荒唐可笑。

"那跟我说说,自你离开他之日起,他有没有骚扰过你?"恰恰是这个问题让他俩都有些兴奋。

"没有。"她说着,来回摇着头。

把所有信息都记下来后,律师合上了笔记本,然后看着她。

"你为什么会和这样一个人结婚?"

"当时那似乎就是我想要的。"

"嫁给一个……"

"那时候不懂事……"

虽然正朝着窗户,光线倾泻在她身上,但她脸上没有一丝流泪的痕迹,也没有一点崩溃的迹象。

"傻姑娘。"律师嘀咕了一句,但语气里透着疼爱,而非谴责。突然,律师问要不要给她来一杯白兰地,她说不用了。律师看着她放在桌上的手,她紧握着拳头,布满雀斑的皮肤上青筋显露。律师缓缓地把自己的手盖在她的手上,握住。

"我们会尽一切所能。"他用低沉的声音说。她没有回答。

问题最后落到了钱上。如果她支付得起开销,他们可以达到目标。他们可以通过适当的法律渠道打这一仗,但需要时间,很多的时间,还要很多的钱。他是个诚实的人,不会扯一些别的说法糊弄她。

过了一会儿,她起身离开,来到了街上,这时一切瞬间停滞,仿佛街上的车辆都暂停了,她颇为勇敢地横穿过马路。

她写那封信花了好几天时间,难的不是要说什么,而是怎么说。她做出了决定,撤诉。输的概率很大,这场战争他已经赢了。她不像他那样邪恶。也没有他那样的武器。

她写道:

亲爱的尤金:

我决定让卡什暂时和你住在一起。我相信,为了他的幸福,你会尽你所能,我确定你会这么做。我的律师很快就会和你联系。

亲爱的卡什:

我的地理学得不好。你现在住的地方的经度和纬度都是多少啊?你都吃什么食物?学上得怎么样?我想那里的一切肯定都让你觉得很陌生,但毫无疑问也很让人兴奋吧。如果你喜欢漫画书,我寄给你。

仅此而已,不过于亲近,不过于温柔,也不过于伤人。她没有再多说一句的欲望。似乎这个决定本身已经净化了她,抽空了她的目标感。

卡什给她寄了一幅那座岛的地图。他用钢笔画在一张餐巾纸上,然后剪去边角,正好剪成一个矮瓶的形状。城镇都被标了出来,下面还画了几条小溪、一家面包店、一个游泳池，还有大海。木槿树遍布各处，不过看起来完全不像树，而像是夹在建筑之间的一个个黑三角。地图上面，他用大写字母写着"天空是蓝色的"。看着这幅地图，她猜当时他们一定是在餐馆吃饭，他们三个人，有谁提到了她的名字，然后卡什就决定，或者有谁让他画了这幅地图。为了在下一次回信时能评论几句，她仔细研究起了地图。她还将地图夹在两片玻璃之间，用作镇纸。在下一封信中，她把镇纸的事告诉了卡什，还随信寄了漫画书。他们会这样继续保持联系，年复一年，信件来来往往，隔一段时间还会寄张照片。这些都让她心生畏惧，她知道必须让自己坚强起来，好面对他们。

圣诞节过后，凯特去做了绝育手术。给她做手术的是个私人医生，完了后必须在一家费用不菲的诊所住几天院。这些钱如果不用在这里，她就会花在买衣服或者夏天度假上。第二天，芭芭来看她，发现她正坐在床上读报纸上的一篇文章，说的是一些女人去给科学实验当志愿者，要在一个地窖里度过两个星期。凯特念着："医生在相邻的地窖里通过电话和这些女人保持联系，他们不断被她们的生理韧性和活力所震惊，在这段被监控的生活开始之前，这些女人都互不认识。"

"弗兰克说你可以搬过来和我们一起住……"芭芭打断了她。

"真的?"凯特说,又高兴,又惊讶。

"是他提出来的,不是我。"芭芭生硬地说。

"他以前不喜欢我。"凯特说。

"他一定是在克服这一点。"芭芭说,但他能做出这样的邀请,她还是很高兴。两人又可以做伴了,聊天,偶尔肆意妄为。她们又可以憧憬那些已被搁置许久的计划。

"呃,"过了一会儿,芭芭问她,"那是什么感觉?"

"至少,"凯特说,"我已经扼杀了再犯同样错误的风险。"出于某种缘由,这句话让芭芭心里闪过一丝寒意。

"你已经扼杀了什么东西。"芭芭说。凯特没有反应,眉头也没有皱一下。她像那根白色床柱一样一动不动。她在想什么?她脑子里此刻出现的是什么?她做的那些准备都是为了什么?显然,她并不知道,在那个时刻,她心满意足,在这个世上没有丝毫不安。对芭芭而言,凯特这个样子很是古怪。她意料之中的那些反应,内疚、疑虑、悲伤,都没有出现。她正在注视的这个人,身上有太多的东西已被切除,那是个极重要的区域,但对此两人都一无所知。

尾　声

　　生活仍在继续，上帝啊，它仍在继续。我又来到了滑铁卢火车站，当年就是在这里，凯特在自己手腕上划了几道口子，还傻傻地想着会有人来拯救她，来个男南丁格尔，跪下，给她包扎，然后将她一把抱起，带入幸福稳定的生活。二十年了。这期间流了多少眼泪，咬了多少次牙。他们把这个地方收拾干净了，亮得晃眼，整洁得变态，连广告牌看起来都像是每天早晨用肥皂水清洗过。广告牌挂得特别高，太高了，没人能够得着，然后在上面乱写"小便""军火""阿拉伯"或"琳达"之类。有一幅画的是威尔士的山，千真万确的山，连绵起伏。绿得太不自然了。真吓人，肯定是要引诱人把办公室建到该死的威尔士去。我紧张得要命。

　　现在是6月。大太阳，明晃晃的阳光穿过钢架玻璃顶照了进来。就现在这氛围，我并不介意下点雨，雷暴雨都成，跟气氛更搭。好像有我一封信。一定是封悲惨的信……超他妈悲惨。

番茄酱色的塑料柜台那边坐了恩爱的一对。两人都呆头呆脑，戴着眼镜，还都扭扭捏捏，话都不会说了。他要起身了，要去十码外的柜台买甜甜圈还是三明治，知道他干吗了吗？亲了她一下。那她又做了什么呢？低下脑袋，像个壁花一样红了脸。傻帽儿。一个疯婆子戴了顶毡帽，转来转去，骂骂咧咧。她手里拿了把伞，用伞尖在垃圾筐里翻来翻去，要找什么重要信件。这种婆娘，我身上发生了什么她都能猜出来，然后再让我出个大洋相。疯子们的联合统一。那个情郎回来了，拿了个三层大虾蛋黄酱三明治，送到壁花小姐的嘴边，让她咬下爱的一口。难以置信，蛋黄酱糊了她一下巴，他居然给亲掉了。他们要说什么我没兴趣听。就那几句翻来覆去呗。那种表面恩爱让我心烦。不过，像《悄悄走过郁金香园》里唱的那种打情骂俏，那种高速性爱，最近我也没怎么经历了。我这会儿本应想着她，但我不愿意。我正嚼着一片白面包，这面包片跟吸墨纸一样，能吸掉一夸脱墨水。几只鸽子围在我脚下，啄击着一块面包皮。一只是个跛子，这么说吧，它在啄食区可捞不着多少好处。这些鸽子可比聚在这个马蹄形酒吧里的这一堆多愁善感、紧张焦虑、平庸陈腐、颤颤巍巍的肉体要敏捷得多。星期日的报纸已经丢在一边。女王、小王子、巡航导弹、年度最佳运动员都已经装到了某人的脑袋里，和上星期、上上星期的数据一起在脑袋里晃荡，积累这些有他妈鸟用。人的脑袋瓜子就跟筛子一样。除了和利益挂上钩的时候。

我不介意来一大杯金酒,一杯接一杯,像凯特说的,让旧的认知都模糊掉。我是打了一辆出租车赶到这里来的,司机是个有学问的大块头犹太人,非要没完没了地和我谈比基尼。比基尼!一个常去一家公共浴池的知名电视主持人就穿了件白色比基尼,上面印着黑方块图案,淋漓尽致地展示了她性感的身材。好几年前的事了,那时候她还没出名,但他还是看到了她,还和她说了会儿话。

"事情的发生就是这么有意思。"他说。我想说:"没什么意思,老兄。"但他继续发表着意见,像个破留声机,满脑子都是他自己,觉得自己特睿智。

我给自己雇了两个仆人帮忙。两人是外国来的,巴基斯坦,或更远的地方,肯定不是土耳其。我给了他们一张五英镑的票子,解释说等火车到了,有副棺材需要他们抬。他们似乎听懂了。他们讲的是自己的母语、父语,还是谁知道什么语言。反正挺难听。他们可能是在讨论板球比赛,要么就是下午茶。两人不时看我一眼,似乎是在对我做出判断。估计他们在想,我这情形实在是悲惨。在他们国家,这会儿该号啕大哭了,一群群的亲戚该捶胸顿足的;在我的国家,凯特的国家,也一样。

我们那些亲戚都怎么了？我想象不出她的样子，也不愿想，我的意思是，我甚至都不知道他们有没有给她穿件睡袍，或修女袍，或随便什么东西。在那种地方，他们肯定怕万一有什么紧急情况，备了修女袍。那些人根本不讲感情，傲慢无礼得不行。他们不想让灵柩放在那儿。那些穿粉色、杏色晨衣的护士巡查时，灵柩能把她们吓得走路跟跄。她为了康复去了家疗养院。还康复！直接撂翻。我想，是那一番饥饿，加上有了思考的时间，让她直接面对了根本现实，认识到她一切都得自力更生，救世主是不会到来的。唉，凯特，你为什么让那些混账东西得逞……为什么要向他们野蛮的冲动投降？我很害怕，也许哪天晚上，我在花园里闻着福禄考花的时候，她忽然出现在我面前，或者她一脸懊悔，扑通一声坐在我的坐浴盆上，跟我讨论些糟糕的事情，比如后悔。后悔什么。人都是恶棍。撞辆车比撞个人代价大多了。

最滑稽的事发生了。一只浅黄褐色的柯利犬挣脱了主人，跑过去，对着那片勾魂的威尔士山叫了起来。嘀，如果这还不算大自然在展示自己的权威，那什么才算。一群人欢呼起来，那只狗得意忘形了，后腿支着转了个圈。威尔士山旁有一群狼，对着一个新月形的金色东西嚎叫，那东西应该是一包香烟。狼墨蓝色的爪子下面，有一条政府发布的焦油健康警示。真是荒谬。我只好又要了一杯寡淡的茶。女服务员很不爽,端着茶壶在塑料杯上方挥来挥去——杯子是圣饼的颜色,真是服了——她猛地从一个杯子挥到下一个,在柜台上把茶溅得到处都是。给她来个赛场三分钟警告,她肯定不会介意。说不定她会扯着惊天动地的嗓音高歌一曲,抒发自我,因为她突然意识到没什么时间了,得把自己心里想的、恨的全说出来。我对黑人并没什么特别的意见,他们的臀部更有弹性,可能让他们整天躺在树下打盹更合适。我就碰到过一个我喜欢的黑人——不管你信不信,他的名字叫雪球。那一年,我和杜拉克关系不怎么样,我的意思是,拳来脚往比平常更多一些,于是他把我送去一个热带岛屿度假——看可可、日落、甘蔗那些东西。我有幢自己的小别墅,还有一帮姑娘给我打扫卫生。她们一直在扫呀扫。不知道有什么好扫的,但大清早六点钟她们就开始扫了,嗖唰唰,嗖唰唰。她们身材挺好,胸挺得像两个椰子,屁股长得很搞笑,飞扬跋扈的。她们为我做好早餐,就站在桌子后面看着我吃。这时另一个女孩会把当地的报纸给我拿来。报纸挺有意思,刊登了一堆案件。我当时正在追读一个叫埃斯梅拉达的女孩的故事,她把来苏尔消毒液泼到了她事实婚姻的丈夫身上,在逃避这门古老艺术上,她可真是个高手。埃斯梅拉达是个严重的拖延症患者。法庭上,她表现得极精彩:"他拿扫帚抽我的背,扫帚断了,他跳到我身上,咬我的肚子。我可就认了真。"每次我问她们知不知道埃斯梅拉达，她们就笑。拜托，埃斯梅拉达可能就是她们的哪个表姐妹。

悠闲生活开始让我遭罪了。机会多着呢。小伙子们走来走去，大摇大摆的，那玩意儿蠢蠢欲动，他们还会点甜言蜜语："好好享受大海。好好享受风景。"我心想，为啥不干呢，又不用讨论什么，不用说"我们该，我们不该，我的妻子，你的丈夫，你爱我吗，我爱你吗"这种废话。我决定了，挑个帅哥，邀请他在激情澎湃的午休时间来我的别墅。这是那帮姑娘唯一没在打扫的时间。周围那么多风流情种，卖T恤的，卖项链的，卖明信片的，不停地让你"好好享受"。我要坐在海滩上琢磨琢磨。没有什么比琢磨一场无害的性爱更有意思了。硕大的枝条在风中摇摆，海面上卷起浪花朵朵，没人唠叨我，没人抱怨我。我忘了杜拉克，忘了鱼贩子，忘了家里的抛光松木厨房，忘了沙发要不要换罩子，甚至忘了我自己的电话号码。我也忘了家里两星期一次的派对，大家喝得醉醺醺的，突然有人恼了，撕扯起来了，吐着白沫子，这些脑残攻击行为其实全是为了些不相干的破事，比如给谁投票，谁会当首相。可怜的杜拉克，我压根就不想他。我甚至还琢磨了一下，要不要送两个戴着手镯、无忧无虑的姑娘给他当礼物。我和杜拉克又做了夫妻，不过要说什么欲仙欲死的高潮，那没几次，低谷倒是常有，我经常得多喝一些，才能骗骗自己，想象这可是大明星詹姆斯·迪恩，或者和詹姆斯·迪恩一样的大美男，或者类似的什么人。"小妈妈。"他这么称呼我。我那私生女的小妈妈。小姑娘从出生那一刻起就有了自己的意志、自己的想法。给她喂奶，她吐出来了，排斥我，从出生第一天起，她就更愿意喝牛奶，吃固体食物，乱七八糟的东西。不到十三岁，她就离开了家，受不了我们了。相比于我，她更喜欢杜拉克，不过那是因为她能把杜拉克玩得团团转，而且总是能得逞。杜拉克给她买了第一匹小马，圣诞节那天早晨，他把小马拉进了她的卧室，还让马待在那儿。什么后果你能猜到，想象一下：一匹紧张的小马待在一个封闭空间里会做什么。但她和杜拉克挺喜欢，觉得那是极好玩的事，还用她的新拍立得拍了些照片。小马的名字叫贺拉斯。我可不是凯特那样的母亲，她母爱泛滥，掏出充满象征意义的乳房，像掏出个热乎乎的司康饼或烤饼子。我这个小小的女儿，特蕾西，跟我对着干。五岁时，她走进我的卧室说："你最好爱我，不然我就会弄得乱七八糟。"不到十岁，她就学会了骑摩托车，还花言巧语地说服杜拉克给她买了一大笔保险，这样她就能独立了。她长得够漂亮，只是衣服不怎么样，不是三倍大的工装裤，就是留不出一点想象空间的短裤。她的眼镜框是粉色的，看着像两个棒棒糖。我告诉她，她是私生女，她只是看了我一眼，说：

"我一直都知道。"她真是没有感情。朋友倒是有一群。那些朋友一窝蜂地来到她的住处,喝着金馥力娇酒,吃着巧克力,谈论着性:性有多无聊或多不无聊。真是世故得不得了。连她我也给忘了,那会儿我正在憧憬午后的销魂时刻——在地板上,我想象的是那样,或者在一把日光椥格躺椅上,我的手被绑起来,别的姿势也行,总之要有点强迫意味。我想,我们都是孤独的可怜人,得来点风流韵事,这样才不至于觉得自己是具行尸走肉。孩子实际上没什么用。至少长大后是靠不住的,凯特仍然抱着那种错误观念,还相信什么脐带之爱。她想天长地久地和儿子卡什牵在一起。在某个时刻,断裂总会到来的。已经是第二次断裂了,第一次是她那个铁杉树丈夫把卡什带走的时候,她不得不和他战斗,夺回儿子。刚开始,她并没有胆量去斗,但后来有胆量了,是那种母狮的坚毅——她做好了战斗准备。她的律师几乎成了她的收养人,给她热乎乎的午餐吃,圣诞节还给她送了一张购书券。孩子后来跟着父亲回到了英国,住在一个吃"蟾蜍进洞"[①]的无聊郊区。连那个互惠生[②]女孩都走了,看出他是个强盗了,要不就是守不了他那些规矩了。

---

① 英国传统菜肴,将香肠放在面糊里烤制而成。
② 互惠生活动起源于英、法、德等国家,指来自外国的年轻人为了学习语言和文化而寄宿在东道主家里,同时为东道主家庭提供做家务或看护孩子的服务。

他是个规矩狂人,连怎么呼吸他都要教你。开庭前一天晚上,做父亲的把孩子叫到书房,以男人间谈话的方式告诉他,他母亲脑子有问题,是个神经病,要不是有他这样一个救护天使,她永远都不可能有孩子。简直让人觉得孩子是他自己生的。这番话的关键在于,他想让孩子给法官写封信,说自己想跟着父亲。他备好了笔、墨水、一沓信纸,还有融化好的封蜡,用来封这一纸声明。然而孩子写的是"帕特尼"——她住的地方,那个破房子,阁楼上开了扇窗户,得站到椅子上才能看到愁云惨雾的泰晤士河。监护权拿到后,她和孩子去豪华的萨沃伊酒店吃午餐。孩子当然是没领带的,人家就借给他一条。孩子吃了羊肉和蒸布丁,像个小男子汉了。所有这些,和我们勉强糊口的青春岁月,那些胆大无耻的设想一样,都成了往事。

我正要放弃的时候,他像头黑豹一样从拐角那里过来了。雪球这家伙。我和他聊过几次,还送了他几个秋波,跟《威尼斯商人》里的鲍西娅一样,发送"脉脉含情的流盼"。他怀里抱了一沓胸前印着棕榈树或帆船图案的T恤。我朝他得意地笑了一下,径直从双扇门进去,朝卧室走,心里知道他会跟上来。我听到他关上了门。

"锁上门。"我说。担心那些多嘴的小侍女会偷听,或者她们里面有谁碰巧是雪球的姐妹、老婆,或者有其他什么破关系的人，那我可就和埃斯梅拉达一个下场了，背上得挨一顿扫帚胖揍。我拉竹百叶窗时，他从背后走了过来，像只猫一样。我的衣服不是扒下来的，是让他轻手轻脚褪下来的。怎么脱我倒也不在乎。他伸出一只大手，棕榈树叶子一样大，遮住了我的眼睛，然后拉着我向床边走去，在那张床上，我激情难耐地独自躺了六个晚上。现在，他来了，挺立在我面前，赤裸着身体，皮肤是深棕色，胸毛浓密，黑暗中一双眼睛更亮了。瞧他做了什么，掏出一堆自己带来的花瓣，一片一片撒满了我的肚皮。三角梅，木槿花，红喇叭花，白喇叭花，千真万确。太惊人了！能评年度最佳运动员。我心想，快给我美好旧时光，快给我原始冲撞，让我把那些愧疚感压心的无聊家伙、说再会的情人、喜怒无常的老公全都忘掉。老天，我感觉自己像耶洗别①一样。踏过漫漫长路从蒂珀雷里来到这里。② 肚子上的花瓣，爱的咬痕，全套的了。而且，我们一个字都没有说，不能让任何东西打破这要命的迷醉。茅草下的铁匠。旧日爱的咬痕。之后，他在屋子里走来走去，我想，他可能是想要什么东

---

① 在《圣经》中，耶洗别是公元前9世纪古以色列国王亚哈的王后，以阴险毒辣闻名。在西方文化中，耶洗别泛指恶毒无耻的女人。
② 这句话改编自一首名为《漫漫长路到蒂珀雷里》的著名爱尔兰歌曲。

西,或者是想要钱,或者是想让我买一批T恤。

"你想要什么我都能给。"我说。他的笑容消失了,脸上的神情我一辈子都忘不了。他看上去很生气,同时又很心碎。

"哎呀。"他说,然后摇摇头,笑了,但笑里带着讽刺。他说所有游客都一样,脑子里只有钱,以为钱可以买来一切,甚至连大海的颜色都能买。我觉得自己真蠢,像个拉皮条的。我说我们那么做,都源于所谓文明社会中的一些遭遇,比如抢劫、讹诈、排队、推挤、诽谤、伪装、不择手段。我都要哭出来了。

"哎呀,傻姑娘。"他说,又笑了,不过现在气已经消了。我确实想送他点什么,作为纪念,于是拿起一个烟灰缸,递给了他。知道他干了什么吗?他只是往里面接上水,放在外面喂鸽子。那天,鸽子一群一群地飞来,第二天、第三天,都是如此,鸽子粪是靛蓝色的。一定是吃了什么破水果。他也来,带着鲜花、贝壳,还有两个生育象征物,一个应该是代表他,一个代表我。那时候我总是想,回去后要对杜拉克好,要和他卿卿我我,我能在想象中让自己置身于午睡时分匆匆的旅行中。我们本来计划好了要短途旅行一下,雪球准备问朋友借辆车,很可能是辆老破车,然后载着我开到岛上那个更崎岖的地方去。崎岖!宣传册上的行话他可都知道。我们要从该死的甘蔗里吸着糖水,人就直接躺在崎岖的地面上。然而，如凯特所言，事情总不能如人所愿。第二天上午，我躺在垫子上，身上抹了厚厚的一层凝胶和椰子油，想让自己变得性感一些。这时，我那两个小侍女踩着小碎步来了，我知道出事了，因为她们没有笑，其中一个还往前推着另一个，让她来传递那个消息。是封电报。从家里来的。一开始，我还以为杜拉克凭着什么鬼运气，听到了我干的这档子坏事的风声。电报上写着：弗兰克中风，回家。德克兰。

还以为他喝醉了，大家真是这么想的。他开车撞了一辆停着的牛奶车，撞得牛奶瓶和纸箱子滚过了一条街。有人叫来了警察，警察也以为他喝多了。他趴在方向盘上，嘿嘿直笑。警察问他住在哪儿，他嘟嘟囔囔地说知道自己住哪儿，但不想回去，因为老婆不在家，跑了。警察给他做了呼气测试，结果让他们大吃一惊，试剂没有变绿；我也很吃惊，因为麦芽威士忌和混合威士忌快要从他浑身的每一个毛孔里溢出来了。我是第二天下午返回的，我去医院看了他一眼就知道了，他脑子坏掉了。成植物人了。他眼神空洞，穿着医院的睡衣，坐在那儿等着我，像个丧家之犬。我想逃，逃到机场，直接飞回去，当个服务员，或者去海滩拾荒，干什么都行。他住的病房里差不多有二十个人，都剃了光头，脸上缠着绷带，大多数几乎和他一样，一脸痴呆相。他想拉拉关系，给了我一包烟，让我转一圈给每人发一支，甚至让我给那个戴氧气罩的一支。我站在病房里,身穿一身粉色棉质长裤套装,皮肤晒得黝黑,感觉自己像个冒牌货一样,心里知道我再也不会跑了,会安心在那儿照顾他,给他念关于康复的文章,教他辨别哪个是袜子哪个是鞋。第二天,我进病房时,他正用一大条波点手帕擦着眼泪。他们把他送到病房时它就一定在口袋里了。一个年轻大夫,莽撞的浑蛋,跟他说他永远都好不了了,只能等死了。我只好用陈词滥调安慰他,说他会好起来的,还无中生有地编了一套说辞,给他打气,几根救命稻草罢了。几天后,我带他出院了。我带了一套衣服进了医院,在床上留了张字条,让医院和我们的家庭医生联系。回家的路上,他坚持要去看场电影。

"电影,电影。"我们打了辆米色出租车,以每小时八十英里的速度飘过大理石拱门时,他不停地念叨着。因为要开到温布尔登去,司机很恼火。番红花开了。我在一阵眩晕中看到了这些花,感觉像坐着游乐场的摩天轮往下看。我们下了车,付了钱,进去看了场《1001忠犬》。真希望看的是喜剧,他大部分时间都在哭,连哭都哭得很笨拙。打着嗝哭,他没办法把该死的眼泪从泪管里排出去。笑也一样。连笑都笑不顺畅。

回到家,他打量着房子,在房子里转了一圈,亲吻着,在指头上沾了点唾沫,在房子里抹了抹,像中世纪的什么仪式。然后,他看着那截木兰树桩,哭了起来。

有一天,他一气之下把树给砍了,神经兮兮地非说里面有花鸡在窥探我们。

"咱们再栽一棵。"我说。这种陈词滥调,还有像"一切都有希望"这样的老生常谈,我现在张口就来。我问几所幼儿园要了些书单,念书给他听,想方设法用各种花木让他能心情愉悦。时刻都想粘着我,依偎着我。有时,他以为我走了,对我说芭芭走了,那时我明明就在厨房,正给他做该死的土豆饼和大麦汤,好让他想起他那个殉难的妈和宝贝爱尔兰糊糊。我一肚子的愧疚、怜悯,还有沮丧。有时他正吃着饭,会突然站起来,把汤碗扣在脑袋上,或者走出门,站在门口的台阶上仪态庄重地往下尿,而且还哈哈笑着叫我过去看一看。啊,亲爱的上帝,那些年我俩吵架拌嘴,拳来脚往,尔虞我诈,痛苦怨恨,到头来不过如此,都变成了他哀求的神情、对我的依赖,像只小狗一样。他会问我要来纸笔,给我写信:

我爱你,你斤[①]到了吗。现在回答我。

我会点点头,但他不想让我点头,想让我也写信,我们像傻子一样把字条传来传去,他就会越来越兴奋,

[①] 原文为"here",是"hear"(听)的误拼。

开始抓耳挠腮，抹来抹去。

"酒瓶子，芭芭。"他会说……"酒瓶子。"

一天，他去商店，更准确地说，是我开车送他去的，他让我快点离开，他想自己待会儿，干点私事。我还想着他要给我买枚象征持久爱情的永恒戒或其他什么玩意儿，但你肯定不敢相信，他去了一家卖蕾丝袜带、吊带、各种情趣用品的商店，都是惨淡婚姻的辅助用品。带回来两本下流书。一本给男的看，一本给女的看，这样我俩就会搂搂抱抱了。太怪异了，和一个大部分身体已经被毁的人做爱，或者说是半做爱吧，看着他连眼睛都在使劲，努力地想表现好。我这时意识到，自己不再讨厌他了，而且，也许从未讨厌过他。我们像两个莫霍克人一样，坐在花布沙发上，研究着这些小玩意儿，努力营造出热辣的激情氛围。我这本小书上画的是一个身材玲珑有致的女仆，留着波波头，戴着褶边帽，系着白围裙，正在服侍一个大块头男人，男人的手在她裆部放着。他那本书上画的是一群维多利亚时代的大胸丰满女人，在自己的闺房里，屁股翘着，一个小胡子绝世罗密欧正从一架屏风上方色眯眯地窥探着。从头到尾，我都盼着该死的门铃能响起来，哪个痴迷于肉身善行①的朋友能来到我家，带着她自己做的果酱，或者带上她的祷告。圣

---

① 天主教信仰中的七种善行，包括给饥饿者食物、给口渴者水喝、给无家可归者提供住处等。

裘德，绝望者的主保圣人啊。这种好运气根本就不会来。大献殷勤。不停地赞美。说我的皮肤和我们刚认识时一样好。那都是托我们从小长大的那鬼地方的雨水的福，皮肤里浸透了水。凯特也一样。她的皮肤一点都没变，可是，唉，她的神经末梢发生变化了。

他试着自己刮胡子，但只能刮一半，吃饭也一样。他只能从盘子的一边吃，我只好把盘子转过去，让他能吃到另一边的饭。让我真他妈恼火的是，他总是费老大劲想自力更生，问我要了个篮子，好把他的个人物品都放在身边，梳子、钱包、刮胡刀、笔记本、指南针，简直就像要去野外打猎。看到别的男人拥抱我，他两眼冒火，但不会像从前一样用那把破枪杆抽我。他让那些兰斯洛特[①]滚出他的客厅，滚出他的地盘，回去干活，因为他们什么都不是，不过是些干体力活的普通人而已。在他的想象中，这些人一定都是穿工装裤干体力活的。其中有几个会在发薪水那天晚上来，还带着礼物，是些关于因尼斯费尔[②]和马拉奇的金项圈[③]的唱片。这些人称他

[①] 亚瑟王的传说里最著名的圆桌骑士之一，与亚瑟王妻子桂妮薇儿有染。
[②] 因尼斯费尔是爱尔兰诗意的名字。爱尔兰著名诗人托马斯·摩尔（Thomas Moore）曾写过一首歌，名为《因尼斯费尔之歌》。
[③] 公元10世纪，爱尔兰至高王马拉奇将入侵者杀死，从其中一个入侵者脖子上取下一个金项圈，作为战利品戴在了自己的脖子上。这个故事后来被托马斯·穆尔写入歌词，歌名为《让爱尔兰忆起旧日时光》。

为老板。他挺喜欢这个称呼。脸都要红了。他那个狗屁教会兄弟德克兰不怎么来了。太愧疚了呗。他和一个叫达诺的工头掌管大局，发号施令。达诺是个横行山野的匪徒，穿件抹布一样的棕色毛衣，满口"保重""保佑你"，嘴里总嚼着雷尼健胃片助消化。他们买断了杜拉克的资产。这并不是难事，因为他已经欠了几屁股债，投资房地产，觉得搞建筑太粗笨了，跟放牛打短工差不多，不够文雅。于是他们在汉普郡买了个停尸房，打算收拾一下卖给一家美国银行。预计自己将会进入不列颠群岛顶级富翁级别。有那么一年，我们离几百万巨财也就咫尺之遥了，都打算到处购置房产了。我为置办行头简直操碎了心：在不同国家居住该穿什么衣服，厨子和园丁该怎么面试。真是服了自己，连西班牙语我都学了。他们让他当了合伙人，睡着的合伙人。现在基本上来不了钱了，不过他们当然弄了一堆连伽利略都搞不懂的文档和数据来坑蒙我们。

他忧心忡忡，担心我们不得已要卖空家产，我的生活就没着落了，于是他从佳士得和苏富比这些拍卖行叫来几个家伙做鉴定——鼻孔朝天的混账东西们，一脸的粉刺疙瘩，带着袖珍计算器来了。他们没空看我们那些画和橱柜，我并不惊讶，我家那些东西，要么是缟玛瑙，要么是人造革，从这儿到最远的英伦之角，任何高街上都能买到这种东西。我亲爱的女儿，特蕾西，送了我一个拼图玩具——艾米莉·勃朗特坐在一张黑色椅子上，脖子后面是粉红色的。对艾米丽·勃朗特他没什么兴趣。我们把拼图片摊在地板上，然后又拼起来。我们又玩了个没劲的游戏，可以选主题，他选了体育，然后用了四分之三个小时谈热刺队队长丹尼·布兰奇弗洛尔。

我害怕冬天到来，到冬天五点天就黑了。现在，至少我们还能坐在外面的旧吊床上，玩着这些破游戏，灌着鸡尾酒。库尼为了让他高兴，留了下来。她新换了副髋骨，自哥白尼以来，再没什么话题能引起那么多讨论了。新髋骨叫马默杜克。它不喜欢下雨，不喜欢天冷，不喜欢凛冽的东风，跟你说吧，还有一件事它也不喜欢，那就是干重活。我跪在地上擦地板，库尼却一边弄着花草，一边给我讲医院里的那些破事：吃什么，其他病人怎么样，大部分都是些人渣，还有护士大清早就把人叫起来行净礼。她还想着是住三星级酒店吧。我家另一个常客是蒙席，时代在发展，他对教派联合也越来越支持，这就造成了一个事实：他赞成教皇约翰·保罗二世到各国旅行。现在，教皇约翰·保罗二世去旅行了，他则说起了教皇们永生永世都在说的那句话——"勿触犯戒律。"他仍然赞成把女人束缚起来，尤其是性的束缚，似乎女人们还没有受够她们自己的这些器官一样，不管是谁说过世上的所有女人既然和人上床就都应享受——没人享受，我反正是绝对不享受。教皇大力赞同人结了婚就生一堆崽，多多地生，那样就能塞满那些贫民窟和公交车，砸电话亭的人也就更多了，因为自然是贫民窟里的人才那么能生，这是他们日常生活的一部分，就像饭桌上的那盘油炸食品。聪明人都有手段，知道怎么一边跟教皇保持一致，一边照旧寻欢作乐。我没和蒙席讨论这个，不然肯定要闹个脸红脖子粗，还得被布一通道。而且，说实话吧，我挺乐意他来，和杜拉克坐在一起追忆往事。论狡猾，我不比谁差，只是我并不想狡猾。蒙席老兄什么都要追忆，土豆有多少品种——同志，可不只是克尔粉皮土豆和爱德华国王土豆。关于共产主义，他说得怪可怕，讲起了波尔布特怎样饱受折磨，还担心第三世界的神父会忘记神圣召唤。要是有人能把任何人在一小时之内说的那些自命不凡的废话称量一下，一定能装满一草皮袋子。老想跟他开个玩笑，问他天堂里有没有交配，彼得、保罗或硝皮匠西蒙这些使徒会不会遗精。也就是想想，要是问了，他不得吹胡子瞪眼，脖子涨得像头公牛，那我就得打999叫救护车，因为这下就有第二例脑瘤病人了，马上。他现在和杜拉克一起，在卢尔德[①]，说实话，我并不想去那地方一游——一群怪人缠着裹尸布，从楼梯井里进进出出，嘟嘟囔囔地祷告，呜里哇啦地喊。

---

① 法国宗教圣地。

如果我要去什么地方，那一定是回到那个岛上，和雪球再拉扯一番。我不考虑出远门，只是有时去去便利酒馆，或者一星期去一趟健身房，以防四肢萎缩。你应该看看雪球住的地方，那是个用木头搭在几块水泥板上的棚子。玩具房子。隔壁还是一个棚子，一模一样。他家客厅里塞满了世上最难看的东西——照片、雕塑、假花，还有台巨大的电视机。他妹妹坐在客厅里，戴一头卷发棒，大中午的在那儿看电视，那时气温能有一百多华氏度。去机场的路上，我顺便去他家告了个别。纯属情感泛滥。也不知道我为什么会这么干。

"夫人，夫人……"那两个仆人在喊我了。好像有进展了。该死的火车进了站。他俩站起来，拖着大推车朝隔栏走过去。两人其实是矮子，拇指先生。其他乘客从火车上一拥而下，带的都是孩子，还有手提袋、花束这样的平常东西。我磨蹭起来。只要能把这事拖延一下就行。两个本地壮汉给那两个仆人搭了把手，这两个仆人肩不够宽，也许是因为背井离乡吃不饱吧。我又掏出一张五英镑钞票给了那两个本地人，祈祷上帝保佑，不要让任何人过来对我大发同情。

"现在去哪儿，现在去哪儿，夫人？"那两个稳健的仆人问我。我不由自主地指了指大门，大门庄重地开了，我跟在他们后面。他们爬行向前。我想应该是出于敬意吧。一个列车员刚才把她的手提箱和一封信交给了我。手提箱是黄褐色的，上面有一张她上个圣诞节回老家时留下来的标签。我和她儿子需要把她的骨灰带到那里，撒在沼泽地里，撒在沼泽湖里，撒在淙淙流动的河水里，撒在每一分该死的压抑里，压抑从那片地方的每一角每一段汩汩地渗出，灌了她满脑子狄多[1]式因情殒命的癖好。我希望，每天晚上，她会像报丧女妖[2]一样站起来，和她的先辈共同战斗。

这种事只会发生在我们这样的乡巴佬身上。该死的灵车也不在这里。我立在滑铁卢车站的中央，站在一个卖热羊角面包的商店外面，身边是一副棺材、两个巴基斯坦人，连殡仪员的名字都不知道，因为不是我预订的。

"我们得稍等片刻。"我说。这外国话对他们而言太难懂了。

"还没来[3]——迟到了，像火车晚点一样。"我说。

"好的，夫人；好的，夫人。"他们蠢得要命，又和善得要命。

疗养院那个蠢婆娘拼命想保守这个秘密。死亡是个

---

[1] 狄多，罗马神话中迦太基的女王。当狄多所爱的埃涅阿斯为了完成使命离开她时，她燃起柴堆，自焚而死。
[2] 爱尔兰传统故事中以哭号预报凶讯的女妖。
[3] 原文是意大利语。

意外，他们黎明就叫来了验尸官。死亡就是死亡，意外也好，有意也罢。她当时在上游泳课，有个教练，她抓着一小块塑料板来来回回游着，学得挺不错，那个趾高气扬的贱货是这么说的——学得太好了，她还专门做了强调——因为她忘乎所以了，天黑后去了游泳池，跳了进去。一如既往，独自一人，行动隐秘，不知道是不是故意如此，还是说她只是想给自己所遭受的一切痛苦画上句号。也许是意识到自己机遇不再了，女人的光环，一切的一切，都成了过去。沙龙舞也不会再有。在写给我的信里，她什么都没有说，只说了些关于禁食、跑步、正在康复这些鸡毛蒜皮的事。障眼法罢了，这样就没人能知道真相，这样她儿子就不会知道真相，一辈子追逐想象中的自我，直到生命尽头。

当然了，我内疚得要死。我们失去了联系——生活方式不一样，这事那事的。吵了一架。其实是杜拉克和她之间的矛盾，她满脑子想的是济慈的颂歌，杜拉克却因为没上过大学一直耿耿于怀。我知道有的人即便上过大学也就只看看连环画。例如：特蕾西亲爱的男朋友多米尼克只能说出两个句子——"你有没有打火机？""你知道几点了？"那天是杜拉克的五十五岁生日，半个伦敦的人都来了，都是些不怎么认识的人，拳击手、拳击手的经纪人、赛马会上认识的人、驯马师、赌马登记人、江湖骗子，还有几个有钱人，比如玛格丽特夫人，她切了个乳房,不过正在接受放射治疗。凯特来得很早。那天晚上她会在我家过夜,因为她住在伦敦城外,在一家剧院里开了个书店,她住的屋子像农舍一样,有一扇大门,种了些玫瑰,还养了几只矮脚鸡。我去过一次,远得跟鬼一样,在一个死胡同里,门上连门牌号码都没有。不管怎样,她早早就来了,背了个大包,从里面掏出她的绒皮鞋、黑裙子,还有朵绸缎做的花,花蕊看着像鱼子酱。她总会有些别人都没有的东西,从吉卜赛人手上买的,或从阿姆斯特丹机场或别的什么鬼地方买来的。她家里到处都是火炉,罐子里插着一捆一捆的花,浴缸里堆满了香槟酒。我们三人正喝着酒暖场,然后突然就开始了,爆发了。她和杜拉克吵起来了。屁事都不为。人和人要是不对付,怎么都能吵起来:某个词怎么读,中国人口有多少,渔夫为什么不会游泳。他的中风一定是那时候就有征兆了,因为他一发脾气,血管就像是要爆了,跟轮胎一样。一天工作二十个小时,和美国人耍弄手段,等着出人头地,大吹牛皮,满嘴硬销、软销、被逼无奈之类的废话,英语讲得乱七八糟,还觉得自己是这门语言的发明人。还发明!一卷一卷的钦定本《圣经》应该输入他们的大脑芯片,让他们能吐出个稍像点话的句子。总而言之,他和凯特吵了起来,剑拔弩张的。都是关于什么寻根、价值,不要丢失自己的身份,等等。换作任何其他人,他都不会反对。他对寻根有狂热的执着，甚至还买了几本讲宗谱的书，极力想证明他母亲那边的族根可以追溯到布赖恩·博鲁[①]。如果遭受了重创，大多数夜晚，他都会搂着我，说我们总有一天会回到家乡。回到因尼斯弗里[②]这样的未来让我恐惧。说我们要在巴伦盖个房子，那个噩梦一般的地方，遍地石灰岩，只在春天的时候会长出一星半点龙胆草，大家都把它们当成宝。在凯特面前，他感觉到了自卑。年少的时候，他也曾有过梦想，演过戏剧，谈起托马斯·摩尔和他的《双河汇聚》这种矫揉造作的东西，也可以滔滔不绝。

"所以你认为我是个冒牌货？"他说。

"我没这么说。"她说。

"但你这么认为。"他说。

"弗兰克。"她说，想平息他的怒火，然而对他的伤害已成事实。问题是，他一直都不信任凯特，因为我俩在他登场之前就已经是闺密，而且，我觉得他认为凯特对我那次出轨也负有责任，但他一点都不知道，如果可以，我一天出两次轨都没问题。不管怎样，两人最终达成和解，也亲吻对方了，该做的都做了，但那只是虚情假意的和解。他们甚至还跳了一曲，真是够了，我祈祷那些人赶紧来吧，他们的确很快就来了。

[①] 布赖恩·博鲁（941—1014），爱尔兰至尊王。
[②] 原文中此处是 Innisfree，为 Innisfail（爱尔兰诗意的名字）之误。

几小时后,又爆发了。凯特那时候不在房子里,可能是去卫生间自怨自艾了。他站了起来,面对着满屋的客人,这些人大多是文盲,宣布他作了首诗以庆祝自己的生日,并以此向祖国致敬。诗名是《科克贝森[①]》。他开始念了。

> 啊,小小的科克贝森,
> 狂野、荒凉、美丽之地!
> 啊,小小的多石牧场,
> 朵朵鲜花如此甜蜜、珍贵!……

这时凯特进来了,接着念了下去。

> 啊,粗犷狂野的大西洋,
> 雷霆万钧,宽广无垠……

还雷霆万钧!他抓起一尊狮身人面铜像就朝凯特扔了过去,叫她闭嘴。

"怎么了?"她问。

"哼,滚!"他说,接着一连串精彩绝伦的脏话从他嘴里迸了出来。显然那首该死的诗并不是出自他之手。

[①] 这首诗实际上是爱尔兰诗人、作家艾米丽·劳利斯(1845—1913)的作品。

他的几个伙计开始嘘他,还窃笑起来。凯特眼泪汪汪地跑出了房间,我本来要跟上去,但他瞪了我一眼,眼神明白无误地告诉我待着别动。好在有个百灵鸟唱了起来——"回来吧,帕蒂·莱利,回家吧,帕蒂·莱利,回到我身边……回到巴利耶姆斯达夫。"①上帝啊,就让我回到巴利耶姆斯达夫吧。哪儿都行,只要不是在我家客厅里,焦头烂额地喝着酒吃着鲜鱼。我知道自己再也见不到她了。逢上圣诞节或谁过生日,会有礼物往来,那是念着旧日情分,维持着可笑的牵挂,懦夫行为。听说杜拉克中风后,她写了封友善的信,说实话,我觉得杜拉克现在成了这副半傻子样,他们倒是有可能和睦相处了。他们可以尽情讨论消失了的亚特兰蒂斯,也可以聊聊古爱尔兰布雷亨法。可怜的杜拉克。我想他一辈子床事都没爽过,和我肯定是没有的,我之前的那几个女的个个都其貌不扬——无聊透顶,圣母长圣母短;一个以前是修女,真是够了,另一个和她母亲住在一起。当然了,他要装出一副花花公子样,讲着水泥板一样笨重的隐晦段子;看到大胸女服务员,他会戳一戳伙计,色眯眯地挤挤眼,说"伙计,我能去那儿""太空火箭"②,或其他

---

① 《回来吧,帕蒂》是爱尔兰知名作曲家、诗人、作家、画家珀西·弗伦奇(1854—1920)的代表作之一。在这首歌中,爱尔兰的巴利耶姆斯达夫镇被描绘为一个世外桃源般的家园,召唤在外的帕蒂·莱利返回故里。
② "我能去那儿"和"太空火箭"均出自歌词。

蠢话。

我把更年期当成了禁欲的好借口,常常可怜兮兮地拿头疼或脑热当幌子。信以为真了。男人在有些方面真是傻子,在有些方面又是叛徒。他们是抵挡不了赞美的,哪怕赞美是来自一个酒吧女招待。我想,应该是能让他们的身体恢复弹力,觉得自己又紧实起来了。大自然是个婊子。[①]说句实话,到了更年期,其实也没什么不一样,只不过不用每个月都在身上垫垫子了,也不用赶在库尼跑进来说我又狂欢作乐了之前,忙着把床单洗干净。我想库尼应该没流过血,她舍不得流出来。我随便编个什么鬼话都会招库尼嫉妒,她像个修道院嬷嬷,一直盯着你,跟你说寡妇怎么了,离婚的女人怎么了,得了癌症的女人怎么了,想让我加入痛哀会。

如果遇到合适的家伙,我仍然愿意做任何事,面朝上、侧躺、屁股朝上——想想这种事,太好笑了,一定是化学反应的缘故。这时我人还在地铁里,站在身边的蠢货简直让人想吐,你得缩起来,免得他们往你身上蹭。那些人会有这种企图,尤其是到了夏天,浑身躁动。在

[①] 厄内斯特·贝克尔《反抗死亡》(1973)一书中,有这样一句话:"大自然是个残暴的婊子,红牙利爪,摧毁她创造的一切。"这个意象始见于阿尔弗雷德·丁尼生为缅怀亡友所作的《悼念集》(1850)组诗,其中有"大自然,红牙利爪"的诗句。

威尼斯情况就更过分了。有一次坐汽艇时,我差点被人强奸了,当时杜拉克离我还不到两米远。他本来要把那家伙的脑袋打爆的。真是一言难尽,那是我们的第二次蜜月,又是搞砸了再弥补,又去了同样的地方,点了同样的菜,还说看自己有多幸运。

那场冲突过后,我再也没见过凯特,直到一星期前,她又来了,浑身哆哆嗦嗦,瘦骨嶙峋的,像根板条。她带了盆紫罗兰,花也哆哆嗦嗦。我想别的东西她也买不起。我俩坐在厨房里的餐桌前,聊着中风,聊着弗兰克、卢尔德,还有别的鸡零狗碎的事情。她不停地突然起身去给自己加茶。我能看出来,事情开始不对了。我知道又出现了哪个该死的男人,很可能已婚,她每两星期或隔更长时间去见他一次,当然了,两人约会都是在街灯下、雨洼旁、火焰边,总之就是拜伦爵士诗里的那些疯狂之事。这次动真格的了,和前面几次不一样,两人都是认真的,特里斯坦和伊索德①,灵魂伴侣,等等。呃,两人既然都认了真,为什么不在一起?这就是我心里想的,而且为什么她看起来像是从埃塞俄比亚来的?瘦得皮包骨。要不是因为他有孩子、有工作、有自己的原则,两人会在一起的。他可不是什么卡车司机,而是

---

① 中世纪浪漫爱情悲剧《特里斯坦与伊索德》中的主人公,故事源于凯尔特人的传说。

个大人物,听起来似乎还是个位高权重、野心勃勃的人物。她拿出了一张他的照片。他是有点魅力,这我得承认,但也是个一脸自负的浑蛋。而且你能看出来,他还躺在摇篮里的时候,保姆们一定就唱着摇篮曲,对他说这孩子可真了不起。

她去找过巫师、算命的、智者、信仰治疗师,天知道还有什么人。算的结果是,他会抛下来之不易的地位,来到她身边。不过说出这话的时候,她自己心里都明白,那不过是胡扯。她的两个眼珠子像两颗煤球,只不过是更亮点的煤球。我对她特别恼火,有两个原因:第一,为什么她总能时不时地来点风流韵事,而我却只能被迫接受这种乏味的生活,只能在私处抹上凡士林来假装激起一点点遗忘已久的欲望;第二,她为什么就不能明白呢,为什么就看不出来那些人都是强盗,而且,当身边的人都在费劲求得一星半点的幸福却一无所获时,她凭什么还认为世上有两情相悦、天长地久这种事。她打开一个笔记本,里面是她写的一些东西。得做个脑子移植才能理解这些话——"青春年少的红晕与风烛残年的红晕相比不值一提,一个是玫瑰叶一片,另一个是死亡大出血。"大量关于他的文字。在他上班走的街道上漫步,记录下雨和樱花开放的时间,还记录了圣詹姆斯公园里嘎嘎的叫声。都是徒劳。以他闪避的行事方式,他就像虚幻的圣灵。

"给他打电话。"我说,但她摇了摇头;她知道已经结束了。她知道,他已经回到妻儿的身边,把她晾在一旁,直到他八九十岁的时候,老眼昏花,愧疚消了,睾丸萎了,什么都没有了,才会再想起她。他一定语重心长地和她谈了什么名誉、责任,说什么恨不相逢未娶时。她可真是,跟乞丐一样了。

最糟糕的部分来了,她开始自责,说世界上仍有战争,有干旱,有饥荒,有大屠杀,而她却沉溺于悲伤,因此备感羞愧。她不断从一件事一下子跳到另一件,说自己再也做不了祈祷了,向圣安东尼念着祷告,心里却觉得自己是个伪君子。然后她又引用凡·高的话,说凡·高想要画出永恒。我心想,接下来就该她掉耳朵了,问我觉得什么是永恒,生命是否还有更多意义。她说空虚是最糟糕的状态,空洞。接着又否定了自己的说法,说幻觉才是最糟的。她一会儿觉得自己被别针或匕首钉在了空中,一会儿又觉得自己的牙齿太大,嘴里都放不下了,安在嘴巴里像个水槽或饮牛槽,沉重地压着她。她的脑袋像跳托钵僧舞一样转个不停。一会儿又说起她儿子,圆圆的脑袋,长长的睫毛,说儿子六岁的时候,她曾怎样欣赏他的长睫毛,于是他拔了几根下来送给她;接着又说起他的摩托车,有几个气缸,说以前她晚上一直醒着,等他安全到家了才去睡;然后又说到那场巨大的分裂,说他去了美国,在厨房桌上留了封信,写着:

"我从来都没有远离你,永远都在电话的另一端。"得了奖学金,上了哈佛。绝顶聪明。可能明白了最好还是溜之大吉吧。

只能由我向他挑明了。我说得直截了当,不能再粉饰美化了。

"她走了?"他说,似乎已经知道了这件事,并不是因为凯特向他表露过,或者任何类似的缘由,而是他知道,凯特注定要走上那条苦路。天知道他当时是什么感觉,或者他那时候是不是正和一个女孩在床上厮磨,或正在干别的什么事。我一直抓着床头柜,像个烟囱一样呼呼地抽着烟,这样才能举止正常。突然,我想起她给我读过的那句话,什么青春年少的红晕,风烛残年的红晕,谢天谢地,我没有脱口而出。我告诉他,据说她是学了点游泳招式,可能有点兴奋过头了,自己一个人进了游泳池,结果失去了控制。

"可怜的努斯卡。"他说。努斯卡是他对凯特的昵称。他说这话的方式,听起来是那么成熟,还他妈那么温柔,让我痛哭流涕起来。他肯定听到了。他说自己马上就去机场,因为可能会很拥挤。

"我给你付路费。"我说。

"哦,你不用担心路费的事。"我估计他要偷偷蹭车,或者用最省钱的办法来到这里。

连他也从凯特的脑海中逐渐模糊了。她说自己再也想不出他的样子,他就像一簇流苏,或者楼梯扶手一样,一碰就立刻消失了。一切都正在消失。

"你怎么了,凯特?"我问。我尽量让气氛变得正常一点。她正对着茶杯哭,茶水全都晃了出来。

"我不知道,"她说,"我不知道我是怎么了。"她开始滔滔不绝地讲自己做过的梦,关于世界末日的梦,基督徒和穆斯林打了起来,武器就是一汪一汪的血,包裹在人的肉体里,高高地抛向空中,像一个个果酱挞,或者玫瑰花结。她在三营,正要投身战斗,忽然,她看到了上帝,上帝似乎告诉她,我们并非因尘世的缘由而战,我们是在经历苦难。还尘世的缘由!她现在就在亚速尔群岛上。

突然,她冷静下来,开始做规划——她打算去做些社会工作,要为囚犯读诗,读里尔克的诗。

"里尔克是谁?"我问。一行就够了——"唯独居者①可见秘境。"

我都能想象出囚犯们听了后乐不可支的样子。

"如果我能过这一关,就没事了。"她说。

"过哪一关?"我问。

"最后的这个大难关。"她说。我一下子全身冰凉,因为我感觉大灾难要降临了。

---

① 原文"solitary"既可指独居者、隐居者,又可指被囚禁者。

她把手放在心口,说想把心挖出来,踩上去,把它踏扁,踩死,她的心就是她毁灭的原因。

"那只是个泵而已。"我说,想晃她一下,同时也试图掩饰自己的颤抖。她突然站起身,说自己该走了。我喃喃地说了几句老套的话,说在她房间里摆了香水玫瑰。她向来钟爱各种玫瑰。我跟在她身后往外走,但她不听我说话,只是说第二天会给我打电话。她要去那个人的办公室,她要站在那扇大铁门前,等着他提着公文包出现,然后问他一个问题,那个问题就是:对他而言,那是否曾经有过意义。为什么她这样的人永远都在寻找意义?乌鸦正疯了一般叫着,我本应料到事情会发展成这样。我想给人打电话,但不知道该打给谁。有那么一瞬间,我想,我要打给凯特。你应该能看出来我疯狂到了什么地步。另外,我有一种感觉,还存在第二封信,一封吐露真相的信,有一天,那封信会见到天日。现在,它可能还在邮寄的途中,信上可能会说,她所做的事情是有意为之。我祈祷不要这样。无知是种福气。我那封信的背面,写着几句关于自然的话:"刚才,我在傍晚外出散步的路上,看到了蕨菜的幼苗,嫩嫩的绿,魔杖一样的幼苗,似乎在等待有人将它们摘下,带上舞台,伴着莎士比亚的诗行——啊,莎士比亚,最深刻、最强大的朋友,我们所有人的父亲。"父亲——她人生困境的关键所在。我不敢去想那之前的几个小时内发生的事,那种疯狂，试图逃避，试图绕过。我想，她不能面对的是未来，想到永远都将如此，永远都是这种没有尽头的空洞。这也会让杜拉克受伤害，会把他击得粉碎，会让他想到一些严重的问题，如他自己永不可逆转的困境。这也会让她的儿子终身都带着逃避者的印记。我并不责怪她，我明白，她在一片荒原里。在荒原里出生。而且没有什么救命绳能把自己拉出去。应该去上个夜校的，学一些东西，比如学会几句像"勿信任任何人"之类的人生格言。

我怀疑她并没有去他办公室，并没有和他当面对质，害怕他会伤害她，或者突然隐姓埋名。我期望她还能跑起来，四处奔跑，从一个地方跑到另一个地方，跑上台阶，跑下台阶，沿着河边奔跑，跑进咖啡馆，跑进教堂，匍匐跪拜，希望奇迹能够出现，希望他能感知，能出现，然后两人挽手步入殿堂，迎着那首古老的圣歌：

  清晨，破晓，犹如第一个清晨，
  黑鸟，啼唱，犹如第一只鸟儿……

上帝啊，人的期望是无休无止的吗？即便到了现在，我仍在期望，一个邮递员会骑着小摩托如风一样驶来，说原来是搞错了。我真是疯了，竟然在想，会不会复活，墓碑能不能推开，我想扶她起来，看着她的双颊恢复活力和血色,我想让时间倒流,我想回到昨日,想让这个不愿发生但已犯下的罪行被消除。没用的。除了唱圣歌,再没任何办法。

我们还要走完所有的过场,完成所有的仪式,花环,玫瑰,奏着莫扎特的曲子、凡·莫里森的曲子,然后,棺材抬起,运往那一块山石崎岖之地,仿佛开向一场盛会,但那并非盛会。现在,我正向灵车走去,心里想起杜拉克的人生格言——"酒瓶子,芭芭,酒瓶子。"我暗自祈祷她儿子不要盘问我,因为在这个世界上,有些事你无法问;哦,主的羔羊,在这个世界上,还有些事你无法回答。